이근후 박사의 네팔 문화유적 우표 이야기

Nepal Cultural Treasure Stamps and Short Stories

Yeti
네팔의
문화유적을
순례하다

Nepal Cultural Treasure Stamps and Short Stories

NEPAL

Yeti 네팔의 문화유적을 순례하다
Nepal Cultural Treasure Stamps and Short Stories

이근후 · 어눕 구릉 · 므리날 라이 지음

초판 인쇄 2020년 05월 15일
초판 발행 2020년 05월 20일

지은이 이근후 외
펴낸이 신현운
펴낸곳 연인M&B
기 획 여인화
디자인 이희정
마케팅 박한동
홍 보 정연순
등 록 2000년 3월 7일 제2-3037호
주 소 05052 서울특별시 광진구 자양로 56(자양동 680-25) 2층
전 화 (02)455-3987 팩스(02)3437-5975
홈주소 www.yeoninmb.co.kr
이메일 yeonin7@hanmail.net

값 18,000원

ⓒ 이근후 2020 Printed in Korea

ISBN 978-89-6253-483-2 03810

이근후 박사의 네팔 문화유적 우표 이야기

Nepal Cultural Treasure Stamps and Short Stories

Yeti
네팔의
문화유적을
순례하다

이근후 · 어눕 구릉 · 므리날 라이 지음

연인M&B

라제안
(사단법인 한국우취연합 회장)

　네팔은 히말라야 산맥 정상이 국경으로 되어 있고 인도와 중국에 둘러싸여 오랫동안 지형 조건으로 인한 고립성과 스스로 초래한 폐쇄성이 지속되어 세계에서 가장 개발이 안 된 나라로 알려져 있고, 이로 인하여 경제성장이 이루어지지 않아 1인당 국민총생산$^{(GNP)}$이 세계에서 가장 낮은 나라에 속한다.

　또한 외부 세계와 단절된 상태로 신비의 자연을 간직하고 있으며, 카트만두 강 유역은 네팔의 정치·문화의 중심지로 사람들이 많이 모여 살고 있다. 해발고도 4,300~8,800m인 대히말라야 산지에는 세계에서 제일 높은 에베레스트산$^{(8,848m)}$을 비롯하여 8,040m가 넘는 봉우리들인 칸첸중가, 마나슬루, 안나푸르나봉 등 8,000m가 넘는 산이 8개나 있는 세계의 지붕으로 산악인이 아니면 네팔에 대해 잘 모를 뿐 아니라 여행을 한다는 것도 여간 어려운 일이 아니다.

　베일에 싸여 있는 네팔을 우취인들에게 알려 준 분이 이근후 교수님이시다. 지금부터 37년 전인 1982년 마칼루 학술원정대원으로 처음 네팔 땅을 밟은 이후 한번도 거르지 않고 네팔을 찾아 산만 있고 문화는 뒤떨어진 나라로 생각하고 있는 우리의 편견을 보기 좋게 허물어 버렸다.

이근후 교수님은 대한우표회 회원으로서 어느 환자로 인하여 우표와 인연을 맺은 이후 꾸준히 우취 활동을 왕성하게 하고 있으며, 네팔을 방문할 때마다 우표를 수집하고, 네팔의 산 우표에 대하여 『월간 우표』지에 2016년 5월부터 현재까지 연재하면서 좋은 글로 독자들에게 네팔의 문화를 소개하고 계신다.

그동안 네팔의 산과 꽃, 왕 그리고 역사적 인물에 관하여 책을 펴내시고, 이제 다섯 번째로 네팔의 유적지를 소개하는 책을 펴내시니 네팔을 깊게 알 수 있는 기회가 되어 우취인과 함께 기대가 크고 그동안의 노고에 감사드린다.

허영호, 엄홍길 대장 등이 산악인으로 이름을 알려 세계의 산악인으로 우뚝 섰듯이 우취문화의 전도사 세계 속의 〈이근후〉로 우뚝 서기를 기대해 본다.

KAMAL PRASAD KOIRALA
(Former Ambassador of Nepal
to the Republic of Korea)

Mr. Kun Hoo Rhee,

The korean writer became may best friend during my four years stay in Seoul as the first residential ambassador of Nepal to the Republic of Korea.

Mr. Rhee has written and published many books about Nepal.

He has visited Nepal many times and continues to visit this country to meet Old and new friends.

When I reach Seoul in 1990, there were

less than five thousand people from Nepal In the whole of the South Korea. But now there are fifty thousand persons from Nepal working there.

Every year thousands of Nepalese boys and girls are appearing in the Korean language test. More than hundred of korean language teaching institutes are open in Nepal.

I am very glad that Mr. Rhee is publishing another information book about Nepal.

I wish him every success in life.

KAMAL PRASAD KOIRALA

Ex chairman of the state affairs committee of parliament and the first residential Ambassador of Nepal to the Republic of Korea

카말 프라사드 코이랄라
(초대 주한 네팔대사)

축하드립니다.

제가 초대 주한 네팔대사로서 서울에서 4년간 지내는 동안 한국 작가이신 이근후 박사는 저의 가장 친한 친구가 되었습니다.

이근후 박사는 네팔에 관한 많은 책을 쓰고 출간을 하였습니다.

그는 네팔을 여러 번 방문하였고 오래된, 그리고 새로운 친구들을 만나기 위해 지금도 이 나라를 계속해서 방문하고 있습니다.

제가 1990년에 서울에 왔을 때, 한국에는 네팔에서 온 사람들이 5천 명도 채 되지 않았습니다. 그렇지만 지금은 한국에서 일하는 네팔 사람들이 약 5만 명 정도 됩니다.

매년 수천 명의 네팔 학생들은 한국어 능력 시험장에 나타나며 네팔에는 백 개가 넘는 한국어 교육기관이 있습니다.

나는 이근후 박사가 네팔에 관한 또 다른 책을 출간한다는 점에 대해 매우 기쁘게 생각합니다.

그가 인생에서 모든 성공을 거두기를 바랍니다.

어눕 구룽(Anup Gurung)
(한국어 국가공인 가이드)

저는 어눕 구룽(Anup Gurung)이라고 합니다. 한국 이름은 김민수입니다. 한국 사장님이 지어 주신 귀한 이름입니다.

제 인생의 초반은 거의 인도에서 지냈습니다. 구르카 용병인 아버지를 따라 인도의 여러 곳에 다니면서 학교생활을 했습니다. 대학교를 마치고 카트만두에 와서 우연히 한국이라는 나라에 대해서 알게 됐습니다. 인도 구르카 용병인 조상들과 달리 저는 90년대 초반에 한국에서 외국인 노동자로 일했습니다. 낯선 환경, 낯선 언어, 낯선 문화 더군다나 막노동 일… 처음엔 서툴고 힘들었지만 어느새 6년이 금방 지났습니다. 그리고 한국에 대한 모든 추억들을 품고 다시 네팔로 돌아왔습니다.

저는 노래를 좋아하고 한국에 있을 때 노래 가사를 보면서 한글을 배웠고 길거리의 간판을 읽으면서 한글을 습득했습니다. 귀국한 후에 공식적으로 한국어를 배웠습니다. 우연히 그때 네팔 정부가 운영하는 대학교에서 최초로 한국어학당을 설립했습니다. 이렇게 네팔에서 지내고 있었는데 '이웃을 돕는 사람들'이라는 한국 봉사단의 통역을 하게 됐습니다. 이렇게 일을 하다 보니 이대 의료봉사팀과도 일을 하게 됐습니다. 그때 처음으로 이근후 박사님을 만나게 됐습니다. 그때의 인연이 이렇게 오래 갈 지 몰랐습니다.

　한국어 하는 사람이 많지 않고 한국어 전문 가이드조차 거의 없던 그 시절에 박사님이 가이드 트레이닝을 하라고 격려를 했습니다. 박사님의 말씀에 따라 저는 가이드 트레이닝을 신청했고 가이드 자격증을 땄습니다. 결국 지금까지 한국어 전문 가이드로 일하고 있습니다.

　가이드를 시작하면서 네팔의 역사뿐만 아니라 문화, 예술, 풍습, 일상생활에 대한 많은 걸 알게 됐습니다. 물론 네팔 사람이라서 많은 것을 알고 있었지만 더 깊게 알게 됐습니다. 많은 외국인이 네팔이라면 히말라야 또는 에베레스트에 대한 것만 알고 있는데 이제 네팔의 뿌리 깊은 역사, 문화, 예술 등을 올바르게 알려 주는 것이 제 책임이라는 마음도 강하게 들었습니다.

　박사님께서 우리 네팔의 역사를 가진 문화재 우표에 대한 책을 출간하게 되셨는데 이 좋은 일에 저도 함께하게 됐습니다. 이 계기로 네팔에 대한 많은 지식과 정보를 더 많은 사람에게 더 널리 알리고자 합니다.

Mrinal Rai

Nepal is renowned worldwide as the country of the Himalayan or the Everest. It is also portrayed as the country of snowcapped mountains in many media. Due to these reasons, many foreigners image of Nepal is only that of the Himalayan. Even Nepalese introduce Nepal as the land of Everest with great pride in foreign land.

Nepal is a small country with an area of 147,181 square km : however, it is diverse with 125 ethnic groups and 123 languages (National Population and Housing Census, 2011), rich in history, culture and geographical diversity. The stamps included in this book contains various historical places, buildings, temples, events from different parts of Nepal. Prof. Dr. Rhee Kun Hoo has immense love for Nepal and after his vigorous effort he has come up with the book with a collection of Nepalese stamps. It was great pleasure to work on this project together with Dr. Rhee. I hope that this book will be helpful to those people who want to know more about Nepal.

므리날 라이
(한국산업인력공단 매니저 겸 통역)

　네팔이라면 에베레스트 또는 히말라야만 떠오르시죠? 많은 외국인들이 그렇습니다. 대중매체로 접하는 네팔의 모습이 거의 설산밖에 없다고 해도 틀림이 없습니다. 물론 네팔 사람들도 외국 땅에서 자기 나라를 소개할 때 에베레스트의 땅이라고 자부심을 가지면서 알려 줍니다.

　147,181km² 작은 나라 네팔에는 125개의 민족, 123개의 언어가(2011년도 네팔 국세조사) 있고 풍부하고 다양한 문화, 역사와 지리를 가지고 있습니다. 이 책에 있는 네팔 우표에 네팔 동서남북의 여러 사원, 역사적인 장소, 건축물, 행사, 그 외 여러 것들이 묘사되어 있습니다. 이근후 박사님의 네팔에 대한 애정과 끈임없는 노력 덕분에 네팔 우표를 바탕으로 이 책을 만드셨고 네팔에 대해서 알고자 하는 사람에게 조금이나마 도움이 될 거라고 기대합니다. 이 책을 만드는 과정에 함께할 수 있게 되어 영광스럽습니다.

이근후
(이화여대 명예교수, 대한우표회)

네팔은 우리나라보다 우표가 발행한 연도가 3년이나 빠릅니다. 그리고 대부분 유럽이나 선진 외국에서 인쇄를 했기 때문에 우표 도안도 아름답지만 인쇄도 참 아름답습니다. 그러나 우리나라의 네팔 우표가 많이 소개되진 못했고 수집하는 분들도 많지 않으리라고 생각을 합니다. 네팔에는 히말라야산맥이 3개의 지붕을 이루고 있는데 에베레스트 산이라고 하면 세계에서 모르는 사람이 없을 것입니다. 어떤 분은 네팔에는 산만 있는 줄 알고 계시는 분도 있습니다. 네팔에는 네왈족이 이룩한 말라 왕조의 찬란한 문화가 있습니다. 유네스코에 등재된 네팔의 문화유산만 해도 우리보다 많습니다. 등재된 유물들은 하나하나 개별적으로 등록된 것이 아니라 박타푸르, 파탄, 카트만두 이런 식으로 한 도시 전체를 묶어서 등재한 문화유적이 많습니다. 그 속에 있는 하나하나가 전부 보물입니다. 네팔 우표 가운데 이런 문화유적 우표가 제일 많은 것은 당연한 이치입니다.

나는 네팔 문화유적 에세이집을 내면서 네팔 친구 어눕 구룽에게 도움을 청했습니다. 물론 내가 알고 있는 네팔 문화의 얘기도 있겠지만 네팔 친구인 어눕 구룽이 훨씬 더 깊이 알고 있을 것이기 때문에 함께 이 책을 내는 공저자가 되기를 청했습니다. 그는 인도에서 대학을 나온 엘리트로 한국에 코리안 드림을 찾아 6년여 근로자로 일한 경력이 있습니다. 내가 1995년도에 네팔 이화 의료봉사단과 함께 네팔의 카카니 지역에 의료봉사를 갔을 때 처음으로 어눕 구룽을 만났습니다. 어눕 구룽이 자진해서 찾아와 자기가 우리 의료봉사를 위해 도울 것이 없을까를 청했습니다. 당시에 환자와 의료진 사이에 소통이 매우 어려웠던 시절이라 어눕 구룽의 한국어 통역은 의료봉사에 못지 않는 봉사였습니다. 이런 인연으로 지금까지 매년 만나게 된 인연이 되었습니다. 그를 처음 만났을 때 유창한 한국어 구사와 또 한글을 읽고 쓰기도 잘 해서 한국어 가이드로 활동해 볼 것을 권했습니다. 그래서 시작한 한국어 가이드 생활은 지금까지 이어 오고 있습니다.

  나는 그에게 만날 때마다 일상적인 가이드 역할보다 네팔의 문화를 깊이 있게 소개할 수 있는 가이드가 되기를 권했습니다. 지금 이 책의 발간에 그와 함께하고자 권한 것도 깊이 있는 네팔 문화의 소개에 도움이 될 것 같아서 청한 것입니다. 그가 흔쾌히 나의 권유를 받아들여 함께 이 책을 쓰게 되었습니다. 그러는 도중에 또 한 분이 자원해서 이 책을 함께 쓰기를 청해 왔습니다. 그녀는 브리날 라이로 한국에서 석사과정을 마치고 귀국하여 네팔 EPS 센터에 근무하고 있는 엘리트입니다. 나는 흔쾌히 승낙했습니다. 네팔 문화에 깊은 식견을 갖고 있는 두 분과 함께 네팔 문화유적 우표 에세이집을 내게 된 것을 기쁘고 자랑스럽게 생각합니다. 무쪼록 많은 독자들이 이 문화유적을 소개하는 책을 사랑해 주셔서 네팔 사랑으로 이어지기를 기원해 봅니다.

| 차례(CONTENTS) |

이근후 박사의 네팔 문화유적 우표 이야기

Nepal Cultural Treasure Stamps and Short Stories

Yeti
네팔의
문화유적을
순례하다

NP no.82 & Sc#55

▶ Technical Details ·····································

Description : Krishna Mandir Temple
Date of Issue : October 1, 1949
Value : 16 paisa
Color : Purple
Overall Size : 29mm X 33.5mm
Perforation : 13.5 X 13.5
Sheet : 128 stamps
Quantity :
Designer : Chandra Man Maskey
Printed by : India Security Printing Press , Nasik

1949 끄리스너 사원(Krishna Temple)

유네스코 세계문화유산으로 파탄 더르바르 광장(Patan Durbar Squre)에 있는 끄리스너(Krishna) 사원은 1637년에 말라 왕조(Malla Dynasty)의 실디 너러싱 말라(Siddhi Narsingh Malla)의 명령에 의해 만들어졌다. 이 사원은 그 시대의 건축 방식과 달리 돌로 만들어져 있다. 시카라 방식(Shikhara style)으로 만들어진 이 사원은 인도 건축의 영향을 받았다고 볼 수 있다. 21개의 돌탑이 있는 이 사원은 3층으로 나누어져 있다. 1층에 끄리스너(Krishna) 신, 2층에 시바(Shiva) 신, 그리고 3층에는 로께쉬르(Lokeshwor) 신을 모시고 있다. 사원 내부에는 힌두교의 유명한 서사시 라마연(Ramayan)과 마하바라타(Mahabharat)의 장면들의 조각이 있다.

사원 입구에는 큰 기둥 위에 반 인간 반 새인 거루다(Garuda)가 두 손을 모아 참배하는 모습을 볼 수 있다. 거루다는 비스누(Vishnu) 신의 교통수단인 자가용인 셈이다. 비스누 신 사원 앞에는 이 거루다가 항상 함께하고 있다. 그리고 끄리스너 신은 비스누 신의 화신이라서 이 사원 앞에도 거루다가 있다.

전설에 의하면 왕 실디 너르싱 말라께서 끄리스너 신과 끄리스너 신의 애인 라다(Radha) 여신이 왕궁 앞에 서 있는 꿈을 꿨단다. 그래서 왕이 바로 그 자리에 사원을 짓도록 지시를 내렸단다.

이 사원에는 힌두교 신자들 외 다른 사람의 입장이 금지되어 있다. 하지만 특별한 날에 가면 밖에서라도 기도하는 모습을 흔히 볼 수 있다. 특히 '끄리스너 전마스터미'(끄리스너 신의 탄생일, 주로 양력 8월)에 신자들이 기도하러 많이 온다.

NP no.80 & Sc#53

▶ Technical Details ·····································

Description : Tri Chandra College
Dateof Issue : October 1, 1949
Value : 6 paisa
Color : Carmine
OverallSize : 20mm X 24mm
Perforation : 13.5 X 14
Sheet : 120 Stamps
Quantity :
Designer : Chandra Man Maskey
Printedby : IndiaSecurity Printing Press Nasik

1949 뜨리 쩐드러 컬레지(Tri Chandra College)

뜨리 쩐드러 컬레지(Tri Chandra College) 캠퍼스는 카트만두의 중심지에 있다. 네팔 여행자의 거리라고 불리는 타멜(Thamel)에서 1km 거리에 있고 더르바르 마르거(Durbar Marg)의 남쪽에 자리잡고 있다. 이 대학 건물 중에 제일 유명한 부분은 흰색 시계탑이다.

뜨리 쩐드러 컬레지는 쩐드러 섬세르(Chandra Shumsher, 1863-1929)가 설립한 네팔의 교육 역사상 최초의 고등교육을 제공하는 교육기관이다. 1918년에 설립된 이 대학의 이름은 네팔의 마지막 샤 왕조(Shah Dynasty)의 10대 왕인 트리부반(King Tribhuvan, 1906-1955)과 국무총리인 쩐드러 섬세르의 이름을 합쳐서 처음에는 트리부반 쩐드러 인터메디에이트 컬레지(Tribhuvan Chandra Intermediate College)라 불렀다. 하지만 이름이 너무 길어서 뜨리 쩐드러 대학으로 다시 이름을 바꿨다.

라나(The Ranas) 일족이 1846년에서 1950년까지 네팔을 통치했다. 그 사이에 샤 왕조는 있었지만 왕은 명목뿐 실권은 라나가에 있었다. 정거 바하두르 라나(Jung Bahadur Rana, 1817-1877)가 시작한 라나 정권(Rana Regime) 동안 국무총리, 장관 그리고 중요한 권력은 거의 모두 다 라나들이 가졌다. 라나 정권의 104년 동안 국민들에게 교육을 포함하여 기본적인 권리를 허용치 않았다. 더군다나 국민들이 몰래 공부하는 걸 라나들이 알게 되면 국민들은 목숨을 잃을 수밖에 없었다. 이런 시대에 뜨리 쩐드러 컬레지는 라나 일족, 왕족 또는 일부 귀족의 자손을 위해서만 만들어졌다고 한다.

NP no.78 & Sc#51

Description : Swayambunath
Dateof Issue : October 1, 1949
Value : 2 paisa
Color : Brown
OverallSize : 20mm X 24mm
Perforation : 13.5 X 14
Sheet : 120 Stamps
Quantity :
Designer : Chandra Man Maskey
Printedby : IndiaSecurity Printing Press Nasik

1949 스와얌부나트(Swayambunath)

카트만두의 서쪽에 있는 큰 언덕 위에 흰 탑 '스와얌부나트(Swayambhu-nath) 사원'이 있다. 네팔에서 제일 오래된 탑이다. 2,000년 전에 인도의 아소카 마우리야 왕(King Ashoka Maurya, BC 304-BC 232)이 스와얌부를 방문했다고 전한다. 1346년에 무굴(Mughal)이 침략하여 금을 찾기 위해서 원래 탑을 파괴하고 현재 모습의 탑은 그 이후 14세기에 재건설한 모습이다.

옛날 옛날에 카트만두 분지가 호수였다고 한다. 전설에 의하면 과거의 첫 번째 불 비바시불(Vipasana)이 명상하러 카트만두에 왔다고 한다. 그때 비바시불이 여기에 연꽃 씨를 뿌리고 천 개의 잎을 가진 연꽃이 필 거라고 예언했다. 나중에 진짜로 그런 연꽃이 피었다고 한다. 문수보살(Manjushree)이 여기 와서 카트만두 분지의 남쪽 둑을 자기 칼로 잘랐다. 그때 잘린 둑은 현재 쪼바르(Chobhar/Chovar)라고 불린다. 호수의 물이 다 빠진 후에 연꽃이 있는 장소에 언덕이 솟았고 불씨도 솟았다고 한다. 사람들이 그 불을 덮고 그 위에 탑을 만들었다고 한다. 그래서 이 사원은(스와얌=스스로 올라왔던)+(부=땅)이라는 의미를 가지고 있다. 그리고 나트는 신이라는 뜻이다. 스와얌부는 탑이라는 의미도 지닌다. 탑을 네팔 말로 스투파(Stupa)라고 부르는데 원래 '어쓰뚜'는 사리 그리고 '빠'는 넣는 장소라는 의미를 가지고 있다.

스와얌부나트는 별칭으로 원숭이(Monkey) 사원이라고도 한다. 사원 인근에 원숭이들이 많이 살고 있어서 붙여진 이름이다.

아침이나 저녁에 힌두교나 불교 신자들이 시계 방향으로 사원을 도는 모습도 볼 수 있다. 티베트 불교를 믿는 신자들이 손에 마네차(Mane/prayer wheel) 또는 염주를 들고 예배하는 모습들을 볼 수 있다. 1979년 유네스코 세계문화유산으로 등재되었다.

27

NP no.801 & Sc#739

▶ Technical Details ·······································

Description : Lord Buddha, Swayambhu(10-11th Century)
Date of Issue : December 23, 2003
Value : Rs. 30
Color : Multicolour
Overall Size : 40 X 30mm
Perforation :
Sheet :
Quantity :
Designer :
Printed by : Austrain Government Printing Office, Vienna

2003 스와얌부(Lord Buddha, Swayambhu)

　　유네스코 세계문화유산으로 알려져 있는 스와얌부나트(Swayambhunath)에 탑, 그리고 여러 사원과 동상들이 있는데 그중에 연등 부처님(Dipankara Buddha)의 동상이다. 이 동상은 완전히 까만 색깔이고 7세기 때 만들어졌다고 한다.

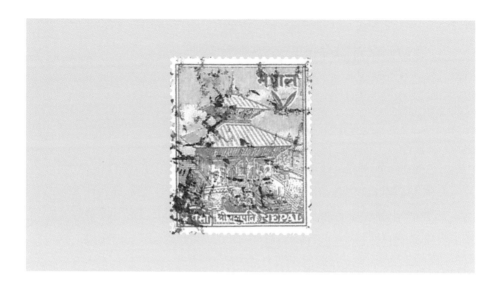

NP no.79 & Sc#52

▶ Technical Details ································

Description : Pashupatinath
Date of Issue : October 1, 1949
Value : 4 Paisa
Color : Green
Overall Size :20mm X 24mm
Perforation : 13.5 X 14
Sheet : 120Stamps
Quantity :
Designer : Chandra Man Maskey
Printed by : India Security Printing Press, Nasik

1949 파슈파티나트(Pashupatinath)

시바(Shiva/Shiv) 신은 파괴와 재창조의 신이다. 파슈파티나트(Pashupatinath)는 힌두교를 믿는 사람들의 유명한 성지 중 하나다. 시바 신의 몸은 인도에 있지만 머리는 네팔에 있다고 믿는다. 그래서 시바 신의 성지순례에 나가면 인도의 중요한 시바 신 사원의 순례를 마치고 네팔의 파슈파티나트를 무조건 들러야 성지순례가 완성된다고 한다.

옛날에 어떤 사람이 젖소를 키웠는데 우유를 주지 않았다. 그래서 그 사람이 너무 이상하다고 생각해서 어느 날 소를 따라다니기 시작했다. 깜짝 놀랄 광경을 목격했다. 그 소는 매일매일 한 곳에서 우유를 흘렸다. 그 이후 그 장소에 땅을 팠는데 거기 링가(Linga)가 나타났다. 링가는 시바 신의 여러 모습 중 하나다.

파슈파티나트 사원 옆엔 힌두교에서 성스럽게 생각하는 바그머띠(Bagmati) 강이 흐르고 있다. 이 작은 강이 남쪽으로 흘러 강게스(Ganga/Ganges) 강에 합류한다. 강가에 화장터가 있다. 힌두교를 믿는 사람들이 사람이 죽으면 화장을 하는데 카트만두 안에 화장터가 여러 군데 있어도 여기가 제일 중요한 화장터다. 일반 사람들뿐만 아니라 왕의 가족이나 중요한 사람들이 죽으면 여기서 화장을 한다.

이 사원 근처에 사두(Sadhu)들이 많이 있다. 사두는 이 세상에서 인간들에게 고통을 주는 오욕칠정(五慾七情)을 벗어나려고 수행하는 사람을 말한다. 시바 신의 모습을 보면 호랑이 가죽으로 치마처럼 걸치고 있고 위에는 아무 옷도 걸치지 않고 재를 몸에 바르고 있다. 이 의미는 사람이 죽으면 화장을 한 후에 모든 사람이 재가 되기 때문에 우리는 욕심을 부리면 안 된다는 의미를 가지고 있다.

NP no.81 & Sc#54

▶ Technical Details ·······································

Description : Mahaboudha Stupa
Date of Issue : October 1, 1949
Value : 8 Paisa
Color : Vermillion
Overall Size : 20mm X 24mm
Perforation : 13.5 X 14
Sheet : 120 Stamps
Quantity :
Designer : Chandra Man Maskey
Printed by : India Security Printing Press , Nasik

1949 마하붓다 스투파(Mahaboudha Stupa)

　파탄에 있는 문화유적으로 인도의 사원 건축양식인 테라코타 시카라 ^(Terracotta Shikara) 스타일로 지어진, 일만 좌의 붓다가 있다. 처음에 이 사원은 어버여 라즈 샤키야^(Abhaya Raj Shakya)라는 분이 건설을 시작했지만 완성을 못하고 아들에 거쳐 마지막에 손자 때 완성한 사원 탑이다. 1600년에 시작하여 36년 만에 완성되었다. 1933년에 네팔에 큰 지진이 일어났는데 그때 붕괴되었고 1997년에 다시 옛날 모습 그대로 재건설했다.

　이분이 인도의 보드가야를 방문한 후에 거기 있는 마하붓다^(Mahabuddha) 사원의 대탑을 그대로 모방하여 만들었던 시카라 스타일 사원이다.

　5층짜리 이 사원 석탑에는 층마다 부처님을 모셨다. 하지만 통로가 좁아서 5층까지 올라 다니기는 힘들다.

NP no.83 & Sc#56

▶Technical Details ·····································

Description : Kathmandu Valley
Date of Issue : October 1, 1949
Value : 20 Paisa
Color : Blue
Overall Size : 33.5mm X 29mm
Perforation : 13.5 X 13.5
Sheet : 128 Stamps
Quantity :
Designer : Chandra Man Maskey
Printed by : India Security Printing Press , Nasik

1949 카드만두 밸리(Kathmandu Valley)

카트만두는 네팔의 수도이다. 해발 1,350m에 있는 분지다. 네팔이 연방 국가가 된 후에 편성된 7개 행정구역 중 세 번째 주에 속한다.

카트만두 분지는 3개 시로 나누어져 있다. 카트만두(Kathmandu), 라릿푸르(Lalitpur)와 박타푸르(Bhaktapur)로 아직도 네팔의 수도이고 주요 행정관서나 부서들 거의 대부분이 여기에 있다. 카트만두 분지 안에 7개의 유네스코 세계문화유산들이 있다. 3개의 더르바르 광장(카트만두 더르바르 광장, 파턴 더르바르 광장, 박타푸르 더르바르 광장), 2개의 불교 탑(스와얌부나트와 버우더나트) 그리고 2개의 힌두교 사원(퍼슈파티나트와 창구 나라얀)이다.

네팔의 마지막 샤 왕조(Shah Dynasty)는 고르카(Gorkha) 지역에서 기병하여 말라 왕조(Malla Dynasty)를 멸망시킨 후에 카트만두를 수도로 만들었다. 그 전에 말라 왕조 시대에는 박타푸르, 파턴(Patan) 그리고 카트만두에 각각 말라 왕들이 있었다.

통일된 현대 네팔이라는 나라가 만들어지기 전에 카트만두 분지를 네팔이라고 불렀다. 아직도 소수의 노인들은 카트만두를 네팔이라고 부르기도 한다. 현재 카트만두라는 단어의 어원은 카스타만다프(Kasthamandap)에서 나온 단어이다. 카스타만다프는 나무로 만든 건축물이고 카트만두 더르바르 광장에 있었다. 하지만 안타깝게도 2015년 대지진 때 다 무너지고 말았다.

카트만두는 옛날부터 상인들에게 중요한 도시였다. 인도에서 티베트 또는 티베트에서 인도로 가는 상인들이 거쳐서 가는 장소였다.

NP no.236 & Sc#C2

▶ Technical Details

Description : Aeroplane over Kathmandu
Date of Issue : October 24, 1967
Value : 1.80 Rupee
Color : Blue & Red
Overall Size : 39.1mm X 29mm
Perforation : 13.5 X 13
Sheet : 35 Stamps
Quantity : 1 hundrs 50 Thousnd Stamps
Designer : K. K. Karmacharya
Printed by : India Security Printing Press , Nasik

1967 애로플레인 오버 카트만두(Aeroplane over Kathmandu)

    1967년을 유엔 국제관광(UN International Tourism Year)의 해로 선언했고 구호는 '관광 : 평화의 여권(Tourism : Passport to Peace)'으로 정했다. 이것은 관광을 통해 국제적 이해를 증진시키기 위해서였다. 도안은 카트만두 시를 바탕으로 유엔의 상징과 항공기를 그렸는데 항공기는 네팔왕실항공(Royal Nepal Airline)이다. 네팔왕실항공은 1958년에 설립하였고 왕정이 무너진 이후는 네팔항공으로 거듭났다. 주로 국내선에서 운용한 작은 비행기가 주종이었으나 1970년 처음으로 44인석 항공기를 수입하여 처음으로 국제노선에 투입했다.

NP no.84 & Sc#57

▶Technical Details ·······································

Description : Guheshwari Temple
Date of Issue : October 1, 1949
Value : 24 Paisa
Color : Carmine
Overall Size : 33.5mm X 29mm
Perforation : 13.5 X 13.5
Sheet : 128 Stamps
Quantity :
Designer : Chandra Man Maskey
Printed by : India Security Printing Press , Nasik

1949 구헤솨리 사원(Guheshwari Temple)

　구헤솨리(Guheshwari) 사원은 파슈파티나트(Pashupatimath) 사원에서 약 1km 떨어져 있는 힌두교에서 성스러운 박머띠(Bagmati) 강의 왼쪽에 위치해 있다. 카트만두 시에 있는 이 사원은 타멜(Thamel)에서 트리부반(Tribhuvan) 국제공항으로 가는 길목에 있다.

　힌두교 전설에 의하면 시바(Shiva) 신에게 사티(Sati)라는 아내가 있었다. 사티는 더쳐(Dakshya)의 딸이다. 다른 여러 딸들은 좋은 집안에 결혼했다. 하지만 사티는 아버지의 반대에도 불구하고 아무것도 가지고 있지 않는 시바와 결혼했다. 어느 날 아버지 더쳐가 종교적인 의식을 진행했는데 다른 딸들과 친척들은 초대를 받았지만 시바와 사티는 초대받지 못했다. 그럼에도 불구하고 사티는 초대 없이 자기 아버지가 진행한 행사에 참석했다. 사티가 참석하자 아버지와 다른 친척들은 시바 신에 대해 엄청나게 많은 비방을 하면서 굴욕감을 주었다. 이런 상황을 더 이상 참을 수 없어서 종교적인 의식을 위해 피운 불 속으로 뛰어들어 자기 목숨을 끊는다.

　이런 사실을 알게 된 시바 신은 자기가 사랑하는 배우자가 목숨을 스스로 끊은 후에 어찌할 바를 몰라 슬픔에 빠져 사티의 시신을 들고 전 세계를 돌아다녔다. 신들의 신인 시바 신이 정신을 차리지 못한 모습을 보고 모든 신들이 걱정을 했다. 신들은 의논했다. 의논 끝에 드디어 신들이 결정했다. 비스누(Vishnu) 신이 사티의 시신을 파괴 손상시킨다. 이 결과 사티의 시신 조각이 51군데에 흩어져 떨어졌다. 떨어진 장소 그중 한 곳이 구헤솨리다. 여기는 사티 시신 중 무릎 부분이 떨어졌다고 한다. 다른 전설로는 사티의 음부가 떨어졌다고 하기도 한다.

NP no.85 & Sc#58

▶ Technical Details ·····································

Description : Balaju Fountain
Date of Issue : October 1, 1949
Value : 32 Paisa
Color : Ultramarine
Overall Size : 33.5mm X 29mm
Perforation : 13.5 X 13.5
Sheet : 128 Stamps
Quantity :
Designer : Chandra Man Maskey
Printed by : India Security Printing Press , Nasik

1949 발라주 폰테인(Balaju Fountain)

  카트만두 중심가에서 북쪽에 라니 번(Raniban, 왕비의 숲) 발라주 지역에 바이스 다라(22개 수도 꼭지)가 있는 공원이 있다. 이름 그대로 여기에는 22개의 네팔 전통 방식의 머꺼르(Makar/Makara, 상체는 육상동물 하체는 수상동물을 닮은 힌두 신화 동물) 모양의 수도 꼭지가 있다.

  발라주 바이스 다라 축제(양력 3 월쯤)가 되면 사람들이 샤워하러 온다. 이날 여기서 샤워하면 피부병이 나아지고 죄를 씻는다고 믿고 있다.

  발라주 바이스 다라에 공원도 있고 사원도 있다. 특히 부다닐칸타(Budhanilkantha)의 누워 있는 비슈누 석상과 똑같은 석상이 있다. 프라탑 말라(Pratap Malla) 왕이 꿈에 네팔의 왕족이 부다닐칸타를 방문하면 죽는다는 꿈을 꿨다고 한다. 다른 일설은 샤 왕조의 왕궁을 지으면서 이곳에서 물줄기를 따갔단다. 신의 허락도 없이 수맥을 훔쳐간 행동에 신이 진노하여 왕족의 출입을 금지했다는 말도 전한다. 그 이후 어떤 왕족도 방문하지 않았지만 대신에 발라주에 똑같이 모방하여 만들어진 비슈누 석상을 참배하러 왕족들이 다녔다고 한다. 이곳은 힌두교도뿐만 아니라 일반 관광객들도 많이 들르는 명소이다.

NP no.114 & Sc#87

▶ Technical Details ·······································

Description : Hanuman Dhoka
Date of Issue : July 3, 1956
Value : 24 Paisa
Color : Carmine Rose
Overall Size : 29mm X 33.5mm
Perforation : 13.5 X 13.5
Sheet : 120 Stamps
Quantity :
Designer : Chandra Man Maskey
Printed by : India Security Printing Press , Nasik

1956 하누만 도카(Hanuman Dhoka)

1971년 유네스코 세계문화유산으로 등재된 네팔 문화재다.

하누만 도카는 이름 그대로 하누만(원숭이 모양의 신 및 시바 신의 화신)+도카(문)이라는 의미를 가지고 있다. 하누만 도카 궁은 카트만두에 위치한다. 샤 왕족이 70년대에 더르바르 마르거(Durbar Marg)에 있는 나라얀히티(Narayanhiti) 궁으로 이전하기 전까지 여기에서 생활했다. 그리고 2001년에 여기서 마지막 왕의 대관식(Coronation Ceremony)과 왕족들의 여러 중요한 행사들을 진행한 곳이다.

하누만 도카는 리처비 왕국(Lichhavi Dynasty) 시대부터 있었다고 한다. 현재 여기 보이는 사원, 궁전, 안뜰 등은 시대 별로 여러 왕국의 왕들이 만들어 낸 건축물이다. 하지만 주로 15세기에서 20세기에 만들어진 유적들이 많다.

궁 입구에 있는 하누만 신의 동상은 프라탑 말라(Pratap Malla) 왕이 1672년에 만들었다. 힘이 센 하누만은 주로 잡신을 쫓아낸다고 믿는다. 네팔에서 왕은 비스누 신의 10번째 화신으로 믿고 있다. 하누만 신은 라마연(Ramayan, 힌두 서사시)에서 람(비스누 신의 일곱째 화신)을 잘 보호해 주는 호사 역할을 했다. 그래서 왕도 비스누 신의 화신이기 때문에 하누만 신이 잘 보호해 준다고 믿었다.

NP no.130 & Sc#102

▶ Technical Details ···

Description : Lumbini Temple
Date of Issue : December 10, 1958
Value : 6 Paisa
Color : Yellow
Overall Size : 24mm X 20mm
Perforation : 11 X 11
Sheet : 32 Stamps
Quantity :
Designer : Bed Prakash Lohani
Printed by : Gorkha Patra Press, Kathmandu, Nepal

1958 룸비니 사원(Lumbini Temple)

룸비니(Lumbini)는 부처님의 탄생하신 곳이며 카트만두(Kathmandu)에서 300km 떨어진 서남쪽 인도 접경 떠라이(Tarai) 지역에 있다. 부처님이 2563년 전에 룸비니에서 태어났다.

옛날엔 이 지역을 '룸먼데이(Rummindei)' 라고 불렀다. 이 말의 뜻은 마을에서 제일 아름다운 여자란 의미를 담고 있는데 이 지명이 내려오면서 변

경 되어 현재에 룸비니가 되었다. 마야(Maya) 부인이 산달이 되어 친정 집으로 해산을 하러 가는 도중에 룸비니를 들리고 싶어 했다. 그 시대에도 룸비니에는 사원이 있었다고 전한다. 마야 부인은 룸비니 사원에 들러 참배하고 싶다고 해서 들렀던 룸비니 동산이다. 친정 집 가는 도중에 들른 룸비니 동산에서 아기를 순산한다. 결국 친정 집을 가지 못하고 바로 왕궁이 있는 카필라성(Tilaurakot, 현재 틸라우라코트)으로 돌아왔다. 해산한 지 1주일만에 세상을 떠났다. 마야 부인이 낳은 그 아들이 바로 고타마 싯다르타(Siddhartha Gautam)다. 룸비니의 마야 데브(Maya Dev) 사원엔 부처님의 오래된 탄생 석상이 보존되어 있다. 룸비니 우표로는 이 우표가 최초의 우표다.

나중에 이 왕자가 부처님이 됐다. 그 후에 불교 성지순례로 유명해졌다. 부처님이 4군데 다니라고 했는데 부처님 탄생지 룸비니, 깨달았던 곳 보드가야, 처음 술법했던 곳 사라나트, 열반했던 곳 꾸씨나가르 세 군데는 인도에 있고 제일 중요한 곳 탄생지는 네팔에 있다. 불교 역사에서 제일 중요한 인물은 아소카 대왕이다. 그분도 룸비니를 방문했다. 그는 룸비니를 방문했을 때 석주(pillar)를 세웠는데 그 석주에는 룸비니는 부처님이 태어난 곳이라고 적었다.

그리고 그 석주에 14세기 네팔 서쪽 왕 리뿌 말라(Ripu Malla)가 옴마니밧메훔 그리고 자기 이름을 다시 추가로 적었다. 14세기부터 19세기까지 룸비니 역사가 없다. 왜 땅속에 묻어 있는지 아무도 모른다.

나중에 1896년에 독일 고고학자 Dr. Führer 그리고 빨빠 지역 지사(Governor of Palpa, Nepal) 커트까 섬세르(Khadka Shumsher)가 같이 발견했다.

미얀마 출신 UN 사무총장 우 탄트(U Thant)가 룸비니를 방문한 후에 룸비니 발전을 시키기 위해서 룸비니 개발위원회(The International Committee for the Development of Lumbini)를 설립했고 1970년대 여러 나라에서 기부를 받았다. 그리고 룸비니 건축 계획은 일본인 켄조 탄즈(Kenjo Tange)가 개념화했고 1978년에 승인되었다.

현재 룸비니에는 여러 나라가 자기가 믿는 대승불교나 소승불교를 따라 자기 사찰들을 만들었고 아직도 만드는 중이다.

NP no.823 & Sc#751

▶ Technical Details ·····································

Description : Maya devi Temple, Lumbini
Date of Issue : November 30, 2004
Value : Rs. 10
Color : four colors
Overall Size : 40 X 26.5mm
Perforation :
Sheet : 25 stamps
Quantity : 1/2 million
Designer : K. K. Karmacharya
Printed by : Austrian Government Printing Office, Vienna

2004 마야데비 사원(Maya devi Temple, Lumbini)

부처는 기원전 623년에 그의 어머니 마야데비(Maya devi)가 골리야(Koliya) 주 데바다하(Devadaha)에 위치하는 그녀의 부모님의 집으로 가는 길에 샤키야(Shakya) 주 룸비니(Lumbini)에서 태어났다. 따라서 부처의 출생지인 룸비니는 전 세계 사람들에게 신성한 장소가 되었다.

신성한 정원 안의 마야데비 사원은 부처가 태어난 장소에 위치해 있다. 아속 필러, 신성한 연못, 그리고 고대 스투파의 붕괴는 마야데비 사원 근처에 위치하고 있다. 그 사원은 4세기 마야데비 우상이다. 1978년에 룸비니 개발 기본 계획의 공식화가 진행되면서 새로운 마야데비 사원은 룸비니 개발신탁에 의해 지어졌다. 가넨드라 비크람 샤 데브(Gyanendra Bir Bikram Shah Dev) 왕은 복구된 마야데비 사원을 부처 탄생 2547주년인 2003년 5월 16일에 처음으로 재개했다.

아름다운 마야데비 사원의 삽입도 속 신성한 연못과 석굴암을 묘사하는 이 우표는 네팔 룸비니에서 두 번째 세계 불교 정상회담이 열린 날에 발행되었다.

NP no.140, 141, 142, 143, 144 & Sc#110, 111, 112, 113, 114

▶ Technical Details ··

Description : Nyatapola Temple, Bhaktapur
Date of Issue : April 14, 1959
Value : 16.20.24.32.50. Paisa
Color : Brown Violet. Blue Rose. Green & Pink. Brown Violet.
      Rose Red & Green.
Overall Size : 29mm X 33.5mm
Perforation : 14 X 14.5
Sheet : 120 Stamps
Quantity :
Designer : Chandra Man Maskey
Printed by : India Security Printing Press , Nasik

1959 냐타폴라 사원(Nyatapola Temple, Bhaktapur)

냐타폴라(Nyatapola) 사원은 박타푸르 다르바르 광장(Bhaktapur Durbar Square)에 있는 떠우머디 광장(Taumadhi Square)에 있다. 5층탑인 이 사원은 30m 높이를 자랑한다. 네팔에서 제일 높은 사원이다. 이 높이로 인해 옛날엔 박타푸르의 천장이라고도 불렀다.

부파틴드라 말라(Bhupatindra Malla) 왕이 통치할 때인 1702년에 이 사원을 건축했다. 그리고 냐타폴라는 네와르(Newar) 말로 5층짜리 사원을 의미한다. 이 사원에는 싣디 락슈미(Siddhi Laxmi), 두르가 여신의 진노한 모습이 가득한 화신을 모시고 있다.

전설에 의하면 떠우머디 광장에 있는 바이라브(Bhairav) 신이 박타푸르를 크게 파괴시켰다. 주민들은 너무 무섭고 혼란스러웠다. 이런 파괴적인 행동에 대응하기 위해서 점성술사의 조언에 따라 왕이 바이라브 사원 바로 앞에 힘이 센 싣디 럭치미 여신 사원을 만들었다고 한다. 럭치미 분노가 바이라브의 행패를 제압한다는 말인데 우리나라 속담 중에 "여인의 한은 오뉴월에 서리를 내리게 한다."는 말이 연상된다.

사원에 오르자면 계단을 걸어 올라가야 한다. 계단 양쪽에는 수호신들이 나란히 쌍을 이루고 있다. 제일 아래는 사람보다 10배 힘이 센 저이멀(Jaimal)과 뺏따(Patta) 그 위에 코끼리, 사자, 사자 몸에 독수리 머리와 날개 달린 신화적 동물 그리고 제일 위에는 두 여신들 바기니(Baghini)와 싱기니(Singhini)가 있다.

NP no.235 & Sc#205

▶Technical Details ·······································

Description : Bhaktapur Durbar Square
Date of Issue : October 24, 1967
Value : 65 Paisa
Color : Brown Brown
Overall Size : 40.6 X 22.8mm
Perforation : 14.75 X 14.25
Sheet : 50
Quantity : 1 hundrs 50 Thousnd Stamps
Designer : K. K. Karmacharya
Printed by : India Security Printing Press , Nasik

1967 박타푸르 더르바르 광장(Bhaktapur Durbar Square)

네팔 말로 '박타'는 신자, '푸르'는 시 또는 도시라는 뜻이다. 그래서 박타푸르는 신자들의 도시라는 의미를 가지고 있다. 옛날에는 박그가운(Bhadgaon) 또는 쿼빠(Khwopa)라고도 불렸다.

14세기까지는 카트만두의 수도가 박타푸르였다. 카트만두 분지 안에 있는 3개의 더르바르 광장 중에 제일 오래된 광장이 박타푸르 더르바르다. 박타푸르 더르바르 광장이 파턴(Patan)이나 카트만두 다르바르 광장보다 크고 우아한 중세시대 건축물들이 많다. 그중에서 냐타폴라(Nyatapole/Nyatapol) 사원, 야크샤 말라(Yakshya Malla, 1427) 왕이 1427년에 만든 뼈쯔뻔너쟐레더르바르(55 window palace), 더르바르 광장에 부파틴드라 말라(Bhupatindra Malla) 왕이 두 손을 모아 참배하는 큰 동상도 볼 수 있다.

박타푸르 더르바르 광장에 다타트레야(Dattatreya) 광장이 있는데 여기에 다타트레야 사원이 있다. 야크샤 말라 왕이 통치할 때 만들어진 이 사원에는 힌두교의 3대 주신, 즉 창조자 브라마(Brahma), 수호자 비스누(Bishnu/Vishnu) 그리고 파괴자 시바(Shiva) 신들을 모시고 있다. 사원 문 옆에 큰차크라(Chakra, 비스누 신의 무기)와 소라고둥 그리고 앞에 가루다(Garud/Garuda, 비스누 신의 교통수단) 동상이 있다.

그리고 박타푸르에서 빠질 수 없는 도자기 광장(Pottery Square)도 있다. 여기서 아직도 옛날 방식으로 네팔 정통 도자기를 만드는 모습을 볼 수 있다.

카트만두 분지 3개 도시에 사는 시민들이 가진 전통적인 기술들이 있는데 파턴에는 동으로 만든 불상, 카트만두는 돌 조각, 그리고 박타푸르는 나무 조각의 장인들로 유명하다.

박타푸르에 오면 네팔 사람조차 꼭 먹는 음식이 바로 주주더우(Juju Dhau)이다. 이것은 박타푸르의 유명한 요구르트이다. 주주는 왕이라는 뜻이고 더우는 요구르트라는 뜻이다.

NP no.242 & Sc#211

▶ Technical Details ·······································

Description : 1968 Goddess Sita and Shrine
Date of Issue : May 7, 1968
Value : 15 Paisa
Color : Violet & Orange Brown
Overall Size : 40.6 X 22.8mm
Perforation : 14.5 X 14
Sheet : 50 stamps
Quantity : 2 hundrs 50 Thousnd
Designer : K. K. Karmacharya
Printed by : India Security Printing Press , Nasik

1968 시타 여신과 성지(Goddess Sita and Shrine)

힌두교에서 비스누(Vishunu) 신의 일곱째 화신은 람(Ram)이다. 람 신의 아내가 시타(Sita)이다. 시타 여신의 탄생지는 네팔 동남쪽에 위치한 자낙푸르(Janakpur) 지역이다.

자낙푸르는 네팔과 인도의 국경 지역에 위치해 있다. 이곳은 힌두교를 믿는 사람들에겐 중요한 성지순례 중 하나다.

전설에 의하면 시타 여신은 원래 논에 있는 고랑에서 발견되었다고 한다. 자낙푸르의 왕 자나크(Janak)과 왕비 수나이나(Sunaina)가 시타를 입양하여 자기 딸로 키웠다. 나중에 아욘다(Ayodhya)의 왕자 람(Ram)이랑 결혼한다.

자낙푸르에 자나키(Janaki) 사원이 있다. 자나키(자나크의 딸)는 시타 여신의 다른 이름이다. 3층짜리 하얀색으로 색칠된 이 사원에는 60개의 방이 있고 대리석으로 만들어져 있다. 1657년에 현재 사원이 있는 장소에 금으로 만든 시타 여신의 동상이 발견되었다고 한다. 그리고 1910년에 인도 띠껌거르(Tikamgarh)의 왕비 브리사 바누(Vrisha Bhanu)가 저기 사원을 세우기 위해서 900,000루피를 썼다고 한다. 그래서 이 사원을 너우 러카(구십만) 사원이라고도 알려져 있다.

양력 11~12월쯤에 '비와하 뻰쩌미'(Vivah Panchami/Vivaha Panchami/Bibaha Panchami), 즉 람과 시타의 결혼식 날에 신자들이 제일 많이 방문한다. 이날 결혼식을 재연한다.

NP no.275 & Sc#241

▶ Technical Details ·······························

Description : Patan Durbar Square
Date of Issue : December 28, 1970
Value : 15 paisa
Color : Multicolour
Overall Size : 43 X 31.5mm
Perforation : 11 X 11.5
Sheet : 30 stamps
Quantity : 1 million
Designer : K. K. Karmacharya
Printed by : The state printing work of security warsaw, Poland

파탄 더르바르 광장(Patan Durbar Square)

　파탄 더르바르(Patan Durbar) 광장은 네팔 라릿푸르(Lalitpur) 도시의 중심에 위치하고 있다. 이 광장은 카트만두 계곡에 있는 3개의 광장들 중 하나인데 이 광장들은 모두 유네스코 세계문화유산으로 등록되어 있다. 이에 대한 관광 명소 중 하나는 라릿푸르의 말라(Malla) 왕들이 거주했던 고대 궁궐이다.

　더르바르 광장은 네와르(Newar) 건축물의 경이로움이다. 광장의 바닥은 빨간 벽돌로 만들어졌다. 이 지역에는 많은 사원들과 동상들이 있다. 주요 사원들은 궁의 서쪽의 맞은편에 자리잡고 있다. 사원들의 입구는 궁궐이 있는 쪽인 동쪽을 향하고 있다. 주요 사원들 옆에 가지런하게 놓여져 있는 벨이 있다. 이 광장은 또한 오래된 네와리(Newari)의 주거지도 지니고 있다. 파탄 더르바르 광장 안과 주변에 네와르 사람들에 의해 지어진 다양한 다른 절들과 구조물들이 있다. 이 광장은 2015년 4월에 지진에 의해 심하게 손상되었다.

　더르바르 광장의 역사는 분명하게 남아 있지 않다. 라릿푸르의 말라 왕이 궁궐의 설립으로 인정을 받았음에도 불구하고, 이 유적지는 고대의 교차로였다는 사실이 알려져 있다. 말라 이전에 이 지역에 정착한 프레드하나스(Pradhanas)는 더르바르 광장과의 연결고리를 가지고 있다. 파탄 타쿠리(Patan Thakuri) 왕조의 역사가 궁궐을 짓고 지방에 대한 개혁을 했다는 몇몇 역대기 힌트들이 있지만, 증거는 매우 적다. 학자들은 파탄이 옛날부터 번영한 도시였다고 확신한다.

NP no.276 & Sc#242

▶ Technical Details ·····································

Description : Bouddhanath Stupa
Date of Issue : December 28, 1970
Value : 25 paisa
Color : Multicolour
Overall Size : 31.5 X 43mm
Perforation : 11.5 X 11
Sheet : 30 stamps
Quantity : 1 million
Designer : K. K. Karmacharya
Printed by : The state printing work of security warsaw, Poland

부다나트 사원 탑(Bouddhanath Stupa)

 부다나트(Bouddhanath) 사원 탑은 네팔 카트만두의 사리탑 중 하나이다. 카트만두의 중심부와 북동쪽 외곽으로부터 약 11km 떨어진 이 사리탑의 거대한 만다라는 이를 네팔에서 가장 큰 구형 탑 중 하나로 만들어 준다.

 부다나트 사원의 불교 탑(Buddhist Stupa)은 지평선을 차지한다. 즉, 전 세계적으로 가장 큰 사리탑 중 하나이다. 티베트로부터 온 피난민들의 대규모 유입으로 인해 부다나트 주변에 50개가 넘는 검파스(gompas, 티베트 수도원) 건축물을 볼 수 있다. 1979년에 불교 탑은 유네스코 세계문화유산으로 등록되었다. 스와얌부나트(Swayambhunath) 사원과 함께 그것은 카트만두 지역에서 가장 인기 있는 관광지 중 하나이다.

 이 사리탑은 북동쪽 귀퉁이에 있는 산쿠(Sankhu)라는 마을에 의해 카트만두 계곡으로 들어가는 티베트와의 고대 무역 통로 중 하나였다. 티베트 상인들은 이곳에서 수세기 동안 쉬었고 기도를 드렸다. 1950년대에 티베트에서 네팔로 난민들이 유입되었을 때, 많은 난민들은 부다나트 주변에서 살기로 결정했다. 이 탑은 카사파 불교(Kassapa Buddha)의 유물들을 안치한다고 전해진다.

NP no.277 & Sc#243

▶ Technical Details ·····································

Description : Gauri Shankar(Old Stupa)
Date of Issue : December 28, 1970
Value : 1 Rupee
Color : Multicolour
Overall Size : 43mm X 31.5mm
Perforation : 11 X 11.5
Sheet : 30 stamps
Quantity : 1 Million
Designer : K. K. Karmacharya
Printed by : Thr State Printing Work of Security, Warsaw, Poland

1970 가우리 샹카(Gauri Shankar(Old Stupa))

　가우리 샹카 설산은 히말라야의 롤왈링(Rolwaling) 지역에 있는 7,134m 높이의 봉우리다. 이 설산의 이름은 힌두교 여신 가우리(Gauri)와 샹카(Shankar)를 합성한 이름이다. 샹카는 파괴의 신 시바(Shiva) 신의 다른 이름이고 가우리는 시바 신의 배우자의 다른 이름이다. 이 산의 봉우리가 두 개 있어서 산 이름이 가우리 샹카로 불린다. 전해 오는 전설에 따르면 이런 이야기가 있다. 시바 신에게 결혼한 가우리는 아버지의 반대에 무릅쓰고 결혼함으로써 축복받지 못한 결혼을 하게 된다. 시바가 장인으로부터 사랑받지 못하는 이유가 자기 때문이라고 생각하고 분신 자살한다. 윤회적 재탄생을 믿는 그녀가 선택한 재탄생을 통해 시바 신의 둘째 부인인 파르바티(Parvati)로 환생했다는 이야기다.

　전설에 걸맞게 두 이름을 합성한 부부 이름으로 지금도 이 산을 신성시하여 함부로 접근하지 못하게 한다.

NP no.304 & Sc#270

▶ Technical Details ··

Description : Lumbini garden, Birthplace of Lord Buddha
Date of Issue : May 17, 1973
Value : 25 paisa
Color : Multicolour
Overall Size : 58 X 33.2mm
Perforation : 13 X 13.5
Sheet : 42 stamps
Quantity : 1 million
Designer : K. K. Karmacharya
Printed by : India Security printing press, Nasik

룸비니 동산(Lumbini Gardens)

룸비니(Lumbini) 동산은 부처를 섬기는 마음에서 네팔의 룸비니의 이름을 따서 만든 공원이다. 이 신성한 정원은 부처의 탄생 장소를 기념한다는 점에서 중요한 장소이다. 호수로 둘러싸인 이 동그란 장소는 불교에서 중요한 두 가지 개념인 순수성과 소박함을 나타낸다. 이 신성한 장소는 그의 고고학적 가치를 보존하자는 취지로 인해 새로운 건축물을 짓는 것이 금지되어 있다.

NP no.306 & Sc#272

▶ Technical Details ·······································

Description : Gorkha Palace
Date of Issue : May 17, 1973
Value : 1 Rupee
Color : Multicolour
Overall Size : 58mm X 33.2mm
Perforation : 13 X 13.5
Sheet : 42 stamps
Quantity : 1/2 Million
Designer : K. K. Karmacharya
Printed by : India Security Printing Press. Nasik

1973 고르카 성(Gorkha Palace)

카트만두 서북쪽에 고르카(Gorkha)라는 지역이 있다. 그 지역은 네팔의 마지막 왕조인 샤 왕조(Shah Dynasty)의 고향 마을이다. 샤 왕조가 현대 네팔을 통치하기 전에 네팔이 여러 나라로 나뉘어져 있었다. 고르카의 왕 쁘리티비 나라연 샤(Prithvi Narayan Shah, 1723-1775)가 고르카에서 기병하여 말라 왕조(Malla Dynasty)를 무너트리고 통일을 이루어 오늘날의 네팔을 세웠다.

고르카 궁 동쪽 부분에 둔 뻐띠(Dhun Pati)라고 하는 마을이 있는데 여기는 쁘리티비 나라연 샤가 실제로 생활했던 곳이다. 이 궁에는 칼리카(Kalika) 여신 사원과 고러크나트(Gorakhnath) 사원도 있다. 고러크나트는 성자(Holy saint)였고 그의 축복을 받아 쁘리티비 나라연 샤 왕이 네팔을 통일할 수 있었다고 믿는다. 그 성자의 이름으로 이 지역 이름이 고르카가 됐다고 한다. 뿐만 아니라 쁘리티비 나라연 샤가 네팔을 통일하기 시작한 후에 영국 동인도회사(The British East India Company)가 네팔과 여러 차례 전쟁을 일으켰지만 이기지 못했다. 그 이후 영국이 제안하여 네팔 남자들을 군인으로 입대시키기 시작했다. 이를 기점으로 지금도 네팔 용병을 모집한다. 인도 육군에서 직업 군인으로 네팔 사람들이 많이 일을 하고 있는데 전세계에서 고르카 용병(Gurkha Army/Gorkha Army)으로 유명하다.

아직도 이 궁전에 쁘리티비 나라연 샤 왕 시대의 여러 가지 유물들을 보관하고 있다. 2015년 대지진 때 큰 피해를 입었다.

NP no.328 & Sc#294

▶ Technical Details ·····································

Description : Muktinath temple
Date of Issue : December 31, 1974
Value : 25 paisa
Color : Multicolour
Overall Size : 29 X 39.1mm
Perforation : 13 X 13.5
Sheet : 50 stamps
Quantity : 1 million
Designer : K. K. Karmacharya
Printed by : Pakistan Security printing corporation, Karachi

묵티나스 사원(Muktinath temple)

　묵티나스(Muktinath) 사원은 힌두교와 불교 모두에서 신성한 장소로, 네팔 무스탕(Mustang)에 있는 묵티나스 계곡에 위치해 있다. 이곳은 가끔 묵티나스라고 잘못 불리는 라니파우와(Ranipauwa) 마을과 가깝다.

　힌두교 내에서 이 장소는 묵티 케스트라(Mukti Kshetra)라고 불리는데, 이는 "해방 또는 목크쉬(Moksh)의 장소"라는 뜻을 지니고 있다. 이 사원은 스리 바흐나바(Sri Vaishnava) 종파에서 신성시되는 108개의 우수한 사원들 중 106번째라고 여겨진다. 부처의 탄생 이전에 스리 바흐나바(Sri Vaishnava) 문학에 등장하는 이 장소의 고대 이름은 티루 살리그람(Thiru Saligramam)이다. 이는 힌두교 신의 최고봉인 스리먼 나라얀(Sriman Narayan)의 자연적으로 존재할 수 있는 형태라고 여겨지는 살리가람 실라(Saligram Shila)를 수용하고 있다. 이는 또한 108개의 시드페스(Siddhpeeth) 중 하나이다. 비록 이 사찰의 기원은 바이슈나브(Vaishnav)이지만, 구루 파마삼하바(guru padmasambhava)가 그곳에서 얼마 동안 명상을 했다고 알려져 있기 때문에 불교에서도 존경받고 있다. 티베트 불교 신자들에게 묵티나스는 스카이 댄서로 알려진 다키니(Dakini) 여신들의 장소이자 24개의 탄트릭(Tantric) 장소 중 하나이다. 그들은 이 벽화가 부처의 연민을 상징하는 아발로키테바라(Avalokitesvara)의 표상이라고 이해한다.

NP no.329 & Sc#295

▶ Technical Details

Description : Peacok Window, Bhaktapur
Date of Issue : December 31, 1974
Value : 1 Rupee
Color : Multicolour
Overall Size : 39.1mm X 29mm
Perforation : 13.5 X 13
Sheet : 50 stamps
Quantity : 1/2 Million
Designer : K. K. Karmacharya
Printed by : Thr Parkistan Security corporation, Karachi

1974 공작 창문(Peacok Window, Bhaktapur)

공작 창문(Peacock Window)은 네팔에서 제일 아름다운 조각품 중에 하나로 꼽힌다. 더뜨러떼여 광장에 뒤쪽에 있는 뿌자리 머트(Pujari Math, 힌두교 성직자의 종교적인 서당과 비슷한 곳)의 창문이다. 옛날 파턴과 카트만두에 불교가 성행했지만 박타푸르에는 힌두교가 융성했다. 그리고 이 뿌자리 머트에는 힌두교 성직자가 생활했는데 사회에서 사건이나 싸움이 일어나면 성직자가 심판을 했다.

이 창문은 가운데에 부채꼴의 꼬리를 가진 공작이 있다. 이런 세밀하고 아름다운 목조 조각이 광장이나 궁전에 있지 않고 골목 안에 있어서 그 시대 사람들이 왜 이런 작품을 중요시하지 않았을까라는 질문이 생길 수 있다. 아마 그 시대에 이 정도 조각을 흔히 볼 수 있었다고 예상도 된다.

NP no.335 & Sc#300

▶ Technical Details

Description : Pashupati Temple
Date of Issue : February 24, 1975
Value : Rs. 1.75
Color : Multicolour
Overall Size : 28 X 33.5mm
Perforation : 11.5 X 11.5
Sheet : 50 stamps
Quantity : 1/2 million
Designer : Uttam Nepali
Printed by : Courvoisier S. A. Switzerland

파슈파티 사원(Pashupati Temple)

파슈파티(Pashupati) 사원은 힌두교 신 시바(Shiva)의 모습을 "동물의 신"으로 묘사한 것이다. 그는 힌두교 전 지역에서 존경받고 있지만, 특히 그가 비공식적으로 국가 신으로 여겨지는 네팔에서 더욱 존경받고 있다.

파슈파티나스(Pashupatinath)는 힌두교 삼위일체 신 중 한 명인 시바 신의 아바타이다. 그는 샤크티(Shakti)의 남성적 면모를 맡고 있다. 파슈파티나스의 다섯 얼굴들은 시바 신의 다양한 모습을 나타낸 것이다. 바룬(Barun)이라고도 알려져 있는 사도자타(Sadyojata), 우마 메스와라(Uma Maheswara)라고도 알려져 있는 뱀데바(Vamdeva), 타트푸루샤(Tatpurusha), 아고르&이샤나(Aghor&Ishana). 그들은 각각 서쪽, 북쪽, 동쪽, 남쪽 그리고 천정(Zenith) 쪽을 바라보고 있으며, 힌두교의 다섯 가지 주된 요소인 땅, 물, 공기, 빛 그리고 에테르를 상징한다.

NP no.333 & Sc#299

▶ Technical Details ·····································

Description : Royal Palace
Date of Issue : February 24, 1975
Value : 1.25 Rupee
Color : Multicolour
Overall Size : 48.5mm X 29mm
Perforation : 11.5 X 12
Sheet : 50 stamps
Quantity : 1/2 Million
Designer : Chandra Man Maskey
Printed by : Courvoicier S A Switzerland

1975 왕궁(Royal Palace)

이 우표에 명시되어 있는 궁전은 '나라얀히티 왕궁'(Narayanhiti Durbar)이다. 나라얀히티에 나라연은 비스누 신의 다른 이름이고 왕궁 앞에 있는 나라연 사원을 상징하고, 히띠는 카트만두의 원주민 네와르(Newar)족의 말로 수도라는 뜻을 가지고 있다. 전체 면적은 383,218㎡이다. 이 궁전은 샤 왕국의 마지막 왕인 가넨드라 비르 비크람 샤(Gyanendra Bir Bikram Shah, 1947-?)의 아버지 마헨드라 비르 비크람 샤 왕(King Mahendra Bir Bikram Shah, 1920-1972)이 미국인 건축가 벤자민 포크(Benjamin Polk)에게 맡기고 1961년부터 짓기 시작했다. 하지만 이 궁을 만들 때 비용이 얼마 들었는지는 아직도 비밀이다. 포크는 전통을 유지하면서 현대 방식으로 건축하는 것으로 유명한 건축가다.

이 궁에서 제일 안타까운 사건은 2001년 6월 1일에 일어난 왕실 대학살이다. 그 이후 2008년에 네팔이 공화국이 된 후에 네팔의 마지막 왕국이 없어지고 마지막 왕 가넨드라 비르 비크람 샤가 2008년 6월 11일에 나라얀히티 궁을 떠났다.

현재 이 궁이 박물관으로 되어 있고 궁의 다른 부분에 정부 부서가 들어와 있다.

NP no.338 & Sc#303

▶Technical Details ··

Description : Swayambhunath Stupa, Kathmandu
Date of Issue : May 25, 1975
Value : 25 paisa
Color : Violet and black
Overall Size : 26 X 36.2mm
Perforation : 13.5 X 12.5
Sheet : 50 stamps
Quantity : 1.5 millions
Designer : K. K. Karmacharya
Printed by : Pakistan Security printing corporation, Karachi

스와얌부나트 스투파(Swayambhunath Stupa, Kathmandu)

　세계의 여러 나라들은 자기 나름대로의 건국신화를 갖고 있다. 역사학자들 사이에서는 그 신화의 존재를 두고 실화냐 아니면 꾸며낸 이야기냐를 두고 학술적 논쟁이 많다. 인위적인 설화의 꾸밈이라고 해도 신기한 것은 신화의 스토리텔링 줄거리가 대동소이하다는 점이다. 네팔의 건국신화를 보면 더욱 그런 느낌을 준다.

　우리나라엔 단군신화가 있다. 고대 신화시대를 장식해 주는 단군의 설화는 영산 백두산과 연관이 많다. 백두산은 천지라는 호수를 품고 있다. 이런 상황은 네팔 카트만두 분지에 얽힌 신화와 대단히 유사하다.

　네팔은 아주 고대에 호수였다. 티베트 쪽에서 건너온 문수보살(Manjusri Bodhisattwa)이 호수의 가장 낮은 곳을 칼로 잘라 물을 빼고 나라를 세우는 장면이 나온다. 카트만두 분지의 남쪽 얕은 지역의 둑을 칼로 자른 자리가 지금도 남아서 작은 폭포를 이루면서 물이 흐르고 있다. 이 물은 바그마띠 강으로 흘러들어 인도 북부의 갠지스 강으로 흘러들어 간다. 힌두교도들이 성수가 흐르는 어머니의 강이라고 종교적 자부심을 갖는 갠지스 강의 발원지이다. 호수의 물이 빠진 자리에 지금의 카트만두 박타푸르 파탄을 포함한 넓은 분지가 생긴 것이다. 문수보살이 둑을 자른 바로 그 성지가 지금도 남아서 흐르는 물줄기를 이어 가고 있다.

　쵸바르 고르지(Chobar Gorge)라고 부르는 이곳은 카트만두 분지의 남쪽에 위치해 있는데 닥신 까리(Dakshin Kali)로 가는 길목에 있다. 이런 성역을 보면서 하나 안타까운 일은 성역답지 않게 공해가 아주 심하고 오염도가 아주 높은 것이다. 폭포에서 흘러나오는 물이 흐르는 아주 작은 바그마띠 강 상류는 오염된 하수로 가득 차서 악취가 난다. 뿐만 아니라 인근에 시멘트 공장이 있어서 여기서 나오는 분진이나 오염물질의 양도 아주 크다. 안타까운 마음에 네팔 지인들에게 이런 지적을 하면 그분들도 나와 같은 생각이라고 한다. 호수의 물이 빠지면서 생긴 명소 하나가 바로 스와얌부나트이다. 호수의 물을 뺄 때 가장 먼저 시야에 들어온 부분이 지금의 스와얌부나트라고 한다. 물이 빠지면서 자그마한 언덕이 연꽃처럼 피어난다. 이곳을 성스럽게 여겨 절을 지은 것이 지금의 스와얌부나트인데 원숭이들이 많이 살고 있다고 해서 속칭 멍키 템플이라고도 한다.

이런 신화들과 함께하는 스와얌부나트의 역사적 세월이라면 당연히 신화적 세월로 거슬러 올라가야 한다. 건립 연대를 알 수 없다는 이유가 그래서이다.

문수보살은 카트만두 호수를 잘라 사람들이 농사짓고 살 수 있는 땅을 만들고 나라를 다스리는 일을 제자에게 넘긴다. 문수보살에게는 사랑하는 제자가 있었다. 다르마카라(Dharmakara)라는 크샤트리아 계급의 제자가 하나 있었다. 다르마카라는 카트만두 분지를 상업과 문화가 번성한 국가로 만들었다. 그는 자손을 두지 못했다. 그래서 그는 다르마팔(Dharmapal)을 후계자로 삼았다.

NP no.330 & Sc#296

▶ Technical Details ······································

Description : Guheshwari temple
Date of Issue :February 24, 1975
Value : 25 paisa
Color : Multicolour
Overall Size : 34 X 28.6mm
Perforation : 13 X 13.5
Sheet : 50 stamps
Quantity : 1 million
Designer : Bal Krishna Sama
Printed by : Pakistan Security printing corporation, Karachi

구헤쇼리 사원^(Guheshwari Temple)

구헤쇼리^(Guheshwari) 사원은 네팔 카트만두에 있는 경건하고 신성한 사찰들 중 하나이다. 이 사원은 아디 샤크티^(Adi Shakti)에게 바쳐진다. 이 사원은 또한 파슈파티나스^(Pashupatinath) 사원과 가까운 샤크티 피타^(Shakti Peetha)이기도 하며, 파슈파티나스 사원의 샤크티^(Shakti)의 장이라고 불리기도 한다. 프라탑 말라^(Pratap Malla) 왕은 이 사원을 17세기에 지었다. 이 여신 또한 구혜칼리^(Guhyekali)라고 불린다. 이는 구히슈와리^(Guhyeshwari)에게 바쳐지는 대표적인 사원이다. 이곳은 전반적인 힌두교, 특히 탄트릭^(Tantric) 숭배자들에게 중요한 순례지이다.

이 사원의 이름은 산스크리트어인 구혜아^(Guhya, 비밀)과 이슈아리^(Ishwari, 여신)으로부터 생겨났다. 랄리타 사하라마^(Lalitha Sahasranama)에는 여신의 707번째 이름이 구야루피니^(Guhyarupini)라고 언급되어 있다. 사티 데비^(Sati Devi)의 시신이 시바^(Shiva)가 슬퍼하며 시신을 들고 전 세계를 돌아다녔을 때 다른 지역에 떨어진 것으로 여겨진다. 구히슈와리 사원은 파슈파티나스 사원으로부터 동쪽으로 약 1km 떨어진 곳에 있으며 바그나티^(Bagnati) 강둑 근처에 위치해 있다.

NP no.364 & Sc#329

▶ Technical Details

Description : Kapilavastu
Date of Issue : May 3, 1977
Value : 30 paisa
Color : Dark violet
Overall Size : 40.6 X 24.1mm
Perforation : 15 X 14
Sheet : 45 stamps
Quantity : 3 millions
Designer : K. K. Karmacharya
Printed by : India Security printing press, Nasik

카필라바스투(Kapilavastu)

카필라바스투(Kapilavastu)는 샤키야(Shakya)의 수도였던 인도 아대륙의 고대 도시였다. 29세의 나이에 궁을 떠날 때까지 수도다나(Suddhodana) 왕과 마야(Maya) 왕은 아들 싯다르타 고타마(Siddartha Gautama) 왕자처럼 카필라바스투에서 살았던 것으로 여겨진다.

팔리 캐논(Pali Canon)과 같은 불경에는 카필라바스투가 그의 아버지가 통치했던 샤키야의 수도이기 때문에 고타마 붓다(Gautama Buddha)의 어린 시절 집이었다고 나와 있다. 카필라바스투는 싯다르타 고타마가 29년 동안 생활했던 곳이다. 불교 자료에 따르면 카필라바스투는 베딕 세이지 카필라(Vedic Sage Kapila)의 이름을 따서 명명되었다.

NP no.686 & Sc#627

▶ Technical Details ···································

Description : The Great Renunciatio Kapilvastu
Date of Issue : May 8, 1998
Value : Rs. 18
Color : Multicolour
Overall Size : 28 X 35.96mm
Perforation : 14 X 14
Sheet : 50 stamps
Quantity : 1/2 million
Designer : K. K. Karmacharya
Printed by : Helio Courvoisier S.A., Switzerland

1977 카필라바스투(Kapilavastu)

카필라바스투(Kapilavastu)는 샤키아(Shakya)의 수도로, 인도 대륙에 있는 고대 도시였다. 수도다나(Suddhodana) 왕과 마야(Maya) 여왕, 그리고 그들의 아들인 싯다르타 고타마(Siddartha Gautama) 왕자가 29세의 나이에 궁을 떠나기 전까지 카필라바스투에 살았다고 믿어져 내려온다. 팔리 캐논(Pali Canon)과 같은 부처에 관한 글에서는 카필라바스투가 그의 아버지가 다스렸던 샤키아의 수도였기 때문에 고타마 부처(Gautama Buddha)의 어린 시절 집이었다고 주장한다.

19세기 카필라바스투의 역사적 장소 탐색은 그 지역으로 초기 순례를 했던 중국 불교 승려였던 팩시안(Faxian)과 나중에는 좐쟁(Xuanzang)이 남긴 기록들을 따른다. 일부 고고학자들은 현재 네팔의 틸라우라코트(Tilaurakot)를, 다른 고고학자들은 현재 인도의 파프라화(Piprahwa)를 샤키아의 통치 지역이었던 카필라바스투의 유적지로 분류하고 있다. 두 장소들은 고고학적 유물들을 포함하고 있다.

NP no.365 & Sc#330

▶ Technical Details ······································

Description : Ashoka Pillar, Lumbini
Date of Issue : May 3, 1977
Value : 5 Rupee
Color : Green & Brown
Overall Size : 40.6mm X 24.1mm
Perforation : 15 X 14
Sheet : 45 stamps
Quantity : 1/2 Million
Designer : K. K. Karmacharya
Printed by : India Security PrintingPress, Nasik

1977 아소카 필라(Ashoka Pillar, Lumbini)

룸비니에 있는 아소카(Ashoka) 석주는 부처님의 탄생지가 룸비니라는 것을 증거해 주는 석주이다.

마우리아(Maurya) 왕조의 아소카(Ashoka Maurya, 재위 : 기원전 269년-기운전 232) 대왕이 종교를 불교로 바꾼 후에 다르마(Dharma)를 전파했다. 아소카 대왕은 기원전 249년에 룸비니를 방문했다고 한다. 그리고 아소카 석주에 아소카 대왕이 부처님의 탄생지를 방문했다는 기록을 빠리어로 새겨 룸비니 동산에 온전하게 남아 있다.

1895년 독일 고고학자 휘러가 이 석주의 글을 판독함으로써 바로 이 자리가 부처님의 탄생지임을 고증한 셈이다. 풀이하면 다음과 같다.

피야다시(Piyadasi) 왕은 오래도록 신을 공경했는데, 즉위 20년 만에 왕이 스스로 이곳에 이르러 경배하였다. 여기가 붓다 세존께서 탄생하신 곳이라 이르시며 돌담을 쌓고 돌기둥을 세웠다. 바가반(Bhagavan)은 이곳에서 태어났으므로 룸비니 사람들은 면세를 받으며 면제받는 여덟 번째 지방으로 그 권리를 부여받는다.

NP no.657 & Sc#592

▶ Technical Details ·······························

Description : Ashoka Pillar, Lumbani
Date of Issue : December 1, 1996
Value : Rs. 12
Color : 4 colours
Overall Size : 28 X 37.7mm
Perforation : 11.5 X 11.5
Sheet : 50 stamps
Quantity : 1 million
Designer : M. N. Rana
Printed by : Helio courvoisier S.A., Switzerland

1996 아소카 필라(Ashoka Pillar, Lumbani)

아소카(Ashoka Maurya)는 인도 마가다국 제3왕조인 마우리아 제국의 세 번째 임금으로 인도 사상 최초의 통일국가를 이룬 왕(재위 : 기원전 265년경~기원전 238년 혹은 기원전 273년경~기원전 232년)이다.

찬드라굽타 마우리야의 손자이며, 인도에서 가장 위대한 황제의 하나이자 황제 중의 황제인 전륜성왕(samrāṭ Chakravartin)으로 인용된다. 아소카는 수많은 군사 정복 뒤에 오늘날의 인도 대부분을 지배하였다. 아소카의 제국은 지금의 파키스탄, 아프가니스탄과 서쪽 페르시아 제국의 일부, 동쪽으로는 인도의 아삼 주 남쪽으로는 미소레 주까지 세력을 넓혔다.

그러나 전쟁의 비참함을 깊이 느껴 불교를 융성하게 하고 비폭력을 진흥하고 윤리에 의한 통치를 실현하고자 하였다. 곳곳에 절을 세우고 불교를 정리하였으며, 실론·타이·버마에까지 불교를 전파하기 위해 노력하였다. 왕은 왕비를 잃고 고독과 번민 속에서 죽었으며, 아라한의 자리에 올랐다.

NP no.710 & Sc#651

▶ Technical Details ·······································

Description : Ashoka Pillar, Lumbini
Date of Issue : June 7, 1999
Value : Rs. 15
Color : Multicolour
Overall Size : 43 X 30mm
Perforation : 13.5 X 13
Sheet : 50 stamps
Quantity : 1 million
Designer : K. K. Karmacharya
Printed by : Government Printing Office, Vienna, Austria

1999 아소카 필라(Ashoka Pillar, Lumbini)

　아소카(Ashoka) 왕이 왕위에 오른 지 8년째 되던 해 인도의 남동부인 오디샤 주 해안의 칼링가 지방을 정복했는데, 그 전쟁의 참혹한 참상을 반성하고 불교를 믿게 되었으며, 그 후로는 무력에 의한 정복을 그만두었다. 그리고 모든 인간이 지켜야 할 윤리인 다르마(dharma, 법)에 의한 정치를 이상(理想)으로 삼고 이를 실현하는 데 힘을 쏟았다. 부모·어른에 대한 순종, 살생을 삼가는 등의 윤리를 백성들에게 장려하고, 지방관이나 신설된 관리에게 명령하여 백성들이 윤리를 철저히 지키도록 하였다.

　또 도로 · 관개(灌漑) 등의 공공사업을 펼치는 등 많은 치적을 남겼다. 당시 인도에는 그에게 대항하는 세력이 없었고, 북서쪽 국경의 그리스 세력도 그들 사이의 내분 때문에 다른 지방을 침략할 힘이 없었다. 이와 같은 정세에서 제반 생활양식이 다른 광대한 영토를 현실적으로 지배하기 위해서는 그가 취한 정책이 매우 현명했던 것으로 볼 수 있으며, 그 뒷면에는 원시불교의 영향이 있었다. 또 아소카의 정치이념은 인근 제국이나 민족에게까지 전파되어 그의 사절(使節)이 이집트 · 마케도니아에 이르렀다.

　이와 같은 왕의 정책은 마우리아 제국과 함께 점차 쇠퇴하였으나, 그의 치세(治世) 중에는 불교를 비롯한 갠지스 강 유역의 고도의 문화가 다른 지방에 급속히 퍼져 문화의 발달을 촉진시켰다.

NP no.962 & Sc#815c

▶ Technical Details ······································

Description : Ashoka Pillar
Date of Issue : September 14, 2009
Value : Rs. 10
Color : Multicolour with Phosphor Print
Overall Size : 40 X 30mm
Perforation : 13 X 13.25
Sheet :
Quantity :
Designer :
Printed by : Cartor Security Printing, France

2009 아소카 필라(Ashoka Pillar)

아소카 필라(Ashoka Pillar)는 기원전 3세기에 세워졌다. 이 기둥은 인도의 바라나시(Varanasi) 근처에 위치한 추나 언덕(Chunar Hills)에 있는 사암과 다른 퇴적암들로 만들어졌다. 이 기둥은 하나의 암석으로 된 기둥, 받침대, 그리고 말 모양이었을 가장 윗부분 총 세 부분으로 나뉜다. 처음 세워졌을 때 기둥의 높이는 약 40ft 정도였다. 이 기둥에서 가장 중요한 부분은 기둥에 세겨진 글이다. 이 글은 아소카의 룸비니 방문, 그의 방문 목적, 그리고 룸비니에서 그의 경건한 행동들 등을 담고 있다.

NP no.376, 377 & Sc#341, 342

▶ Technical Details ··

Description : Centenary of post office(G.P.O. Building)
Date of Issue : April 14, 1978
Value : 25 paisa/75 paisa
Color : Orange brown and black/Bister and black
Overall Size : 40.6 X 22.8mm
Perforation : 14.5 X 14
Sheet : 50 stamps
Quantity : 1 million/1/2 million
Designer : K. K. Karmacharya
Printed by : India Security printing press, Nasik

네팔의 우표와 그의 역사

이 기관은 네팔의 우표와 그 역사를 담고 있는 기관이다. 네팔은 1881년부터 우표를 발행했다. 최초의 네팔 우표는 각각 1안나, 2안나, 4안나짜리의 세 가지 우표로 1881년 4월에 발행되었다. 이 우표는 고르카(Gorkha) 왕국에서 만들어졌다. 이러한 우표들은 초기에 유럽산 종이에 인쇄되었는데 1886년에 그 우표들은 네팔산 핸드메이드 종이로 재인쇄되었다. 파슈파티(Pashupati) 우표가 새로운 기법의 유럽 우표로 인쇄되었던 1907년까지는 네팔 종이로 만든 우표가 발행되었다. 최초의 세 우표들의 중요성이 커지자 1917년 그 우표들은 재발행되었다.

NP no.383 & Sc#348

▶ Technical Details ·······································

Description : Desay Madu Jhya
Date of Issue : September 15, 1978
Value : 50 paisa
Color : Brown and lake
Overall Size : 36.2 X 26mm
Perforation : 14 X 14
Sheet : 100 stamps
Quantity : 1.5 millions
Designer : K. K. Karmacharya
Printed by : Bruder Rosenbaum printers Vienna, Austria

데사이 마두 지하^(Desay Madu Jhya)

데사이 마두 지하^(Desay Madu Jhya)는 카트만두에 있는 것으로, 독특하기로 유명한 전통 목간 창문이다. 이 이름의 의미는 네팔 바사어^(Bhasa)로 "평등함이 없는 국가의 창문"이라는 뜻이다. 이 창문은 카트만두 중심부에 있는 주택의 전면으로 설치되어 있다. 데사이 마두 지하는 천 년 이상 거슬러 올라가는 네팔 네와르^(Newar) 사람들의 삼림보호 유산의 표본이다. 최신 건축물은 맨 벽돌담으로 만들어진 예술적인 문과 창문을 지닌다는 점에서 특징지어진다. 복잡한 조각들은 대부분 종교적인 모티브, 의례적인 사물, 신화적인 짐승과 새를 묘사한다. 네와르 창문의 디자인과 조각 수준은 18세기 중반에 정점을 찍었다. 이는 네팔 만달라^(Mandala)를 가로지르는 궁궐, 개인 거주지 그리고 성스러운 집들에서 발견된다.

데사이 마두 지하는 유일한 것이라는 점에서 유명하다. 대부분의 전통적인 창문들은 정교하게 조각되는 베이의 창인 반면, 데사이 마두 지하는 여러 개의 프레임이 있는 격자무늬 창문이다. 이 디자인은 오래된 접는 카메라의 주름통과 같이 생겼다.

이 독특한 창문은 오래된 왕궁 단지인 카트만두 더르바르^(Durbar) 광장의 북쪽에 있는 거리인 야트카^(Yatkha)에 있는 집에 설치되었다. 이 거리는 카트만두의 역사적 공간에서 전차 행렬과 축제 행렬이 지나가는 의식이 거치는 경로의 일부를 이룬다. 이 창문은 관광 명소이며 도시의 관광 여행 일정의 일부분을 차지한다.

NP no.400 & Sc#365

▶ Technical Details ·······································

Description : Shiva Parbati
Date of Issue : September 26, 1979
Value : Rs. 1.25
Color : Multicolour
Overall Size : 39.1 X 29mm
Perforation : 13.5 X 13
Sheet : 35 stamps
Quantity : 2 millions
Designer : M. N. Rana
Printed by : India Security printing press, Nasik

파르바티(Parbati)

우마(Uma)라고도 불리는 파르바티(Parbati)는 신적인 힘과 권력뿐만 아니라 풍요, 사랑 그리고 헌신의 힌두교 여신이다. 다른 이름들로도 알려져 있는 이 여신은 힌두교 여신 샤크티(Shakti)의 온화한 모습과 보살피는 측면을 맡고 있으며, 여신 지향 샤크타(Shakta) 종파의 중심 신들 중 하나이다. 그녀는 힌두교에서 어머니 신이며, 많은 특성과 측면을 가지고 있다. 그녀의 각각의 측면들은 다른 이름으로 표현되면서 인도의 지방 힌두교 이야기에서는 그녀에게 100개 이상의 이름이 부여되었다. 락슈미(Lakshmi, 부유함과 번영의 여신)와 사라스와티(Saraswati, 지식과 배움의 여신)와 함께 그녀는 3대 힌두교 여신(Tridevi)을 이룬다.

파르바티는 우주의 수호자이자 파괴자이고 재생자인 힌두교 신 시바(Shiva)의 아내이다. 그녀는 산의 신인 히마완(Himavan) 왕과 메나(Mena) 왕비의 딸이다. 파르바티는 힌두교 신들인 가네샤(Ganesha)와 카르티케야(Kartikeya)의 어머니이다. 푸라나(Puranas)는 또한 그녀를 전처인 신 비슈누(Vishnu)의 자매라고 불렀다.

시바 신과 함께, 파르바티는 시바 종파의 중심 신이다. 힌두교 신앙에서 그녀는 시바의 재창조적인 에너지와 힘이며, 그녀는 모든 존재와 그들의 정신적 해방 수단을 연결하는 유대감의 원인이다. 그녀와 시바 신에게 바쳐진 힌두교 사원에서, 그녀는 상징적으로 아르가(Argha)로 묘사된다. 그녀는 고대 인도 문학에서 널리 발견되며, 그녀의 동상과 우상화는 남아시아와 동남아시아 전역의 힌두교 신전을 장식하고 있다.

NP no.393 & Sc#357

▶ Technical Details ·······································

Description : Red Machendranath of Patan
Date of Issue : April 27, 1979
Value : 75 Paisa
Color : Claret & Olive
Overall Size : 40.6mm X 22.8mm
Perforation : 15 X 14
Sheet : 50 stamps
Quantity : 2 Million
Designer : K. K. Karmacharya
Printed by : India Security PrintingPress, Nasik

1979 라또 마찬드라나트(Rato Machendranath of Patan)

라또 마찬드라나트(Rato Machhindranath or Rato Matshendranath)는 인도의 아삼
(Assam) 지역과(과거 깜루빠 왕국) 밀접한 관계가 있다.

전설에 따르면 7세기 경에 카트만두에 심한 가뭄이 들었다. 사람들이
라또 마찬드라나트 신이 비를 내리게 할 수 있다는 걸 믿었다. 그래서 그
시대의 왕 너렌드라 뎁(Narendra Dev), 성직자 그리고 농부들이 아쌈을 방문
해서 꺼루나머여(Karunamaya)를 모시고 왔다. 꺼루나머여가 라또 마찬드라
나트이라는 다른 이름으로 유명하다. 그리고 네와르(Newar) 말로 붕거 됴
(Bungha Dyo)라고도 불린다.

또 비슷한 전설이 하나 더 있다. 고러크나트(Gorakhnath)라는 성인이 파턴
(Patan)을 방문했다. 주민들은 누구인지 알지 못해 음식 대접을 하지 못했
다. 화가 난 고러크나트는 비를 내리게 하는 나그(Naag)를 통제하고 명상
을 했다. 이로 인해 카트만두 분지에 12년 동안이나 비가 내리지 않았다.

그때 리처비 왕조(Lichhavi Dynasty)의 왕인 너렌드라 뎁이 고러크나트의 스
승 마찬드라나트를 아쌈에서 데리고 오면 비가 올 거라고 믿고 마찬드
라나트를 데리고 왔다. 고러크나트가 자기 스승이 파턴에 도착했다는
소식을 듣고 나그를 다 풀어 줬다. 결국 카트만두 분지에 비가 내리기 시
작했다. 카트만두의 주민들이 너무 고마운 마음으로 축제를 베풀었는데
이 축제가 지금도 전한다. '라또 마찬드라나트 축제'(Rato Machhindranath Jatra)
의 시작이다.

아직도 매년 우기 시작하기 전에 이 축제가 진행되고 있다. 라또 마찬
드라나트 사원은 붕머띠(Bungmati)와 파탄(Patan)에 있다. 마찬드라나트 신을
6개월 동안 붕머띠에 있는 사원에서 그리고 남은 6개월을 파탄에 있는
사원에서 모신다.

NP no.394 & Sc#359

▶ Technical Details ·····································

Description : Bas Relief(Maya Devi)
Date of Issue : May 12, 1979
Value : 1 Rupee
Color : Yellow & Brown
Overall Size : 29mm X 29.1mm
Perforation : 15 X 13
Sheet : 35 stamps
Quantity : 2 Million
Designer : K. K. Karmacharya
Printed by : India Security PrintingPress, Nasik

1979 베이스 릴리프(Bas Relief, Maya Devi)

부처님의 탄생지 네팔 룸비니에 부처님의 어머니 마야데비(Maya Devi)의 저부조 방식으로 된 오래된 돌판 조각상이 있다. 부처님의 탄생 부조이다.

이 조각상에는 마야데비가 오른손으로 살 나무(Sal Tree) 가지를 붙잡고 있고 옆에 부처님은 연꽃 받침대에 떠 있는 모습을 볼 수 있다. 그리고 두 신성한 인물이 천국에서 연꽃과 물을 수여하는 모습도 볼 수 있다. 이 조각을 바탕으로 대리석으로 사실적인 조각상을 빚어 함께 모시고 있다.

NP no.427 & Sc#391

▶ Technical Details ·····································

Description : Silver Jubilee of Nepal Rastra Bank
Date of Issue : April 26, 1981
Value : Rs. 1.75
Color : Multicolour
Overall Size : 32 X 26mm
Perforation : 14 X 14
Sheet : 50 stamps
Quantity : 2 millions
Designer : M. N. Rana
Printed by : Bruder Rosenbaum printers Vienna, Austria

1981 네팔 라스뜨러 은행의 설립 25주년(Silver Jubilee of Nepal Rastra Bank)

네팔 라스뜨러(Rastra) 은행은 네팔의 중앙은행이다. 이 은행은 국내 금융 부문을 규제 및 체계화하기 위해 1955년에 만들어진 네팔 중앙은행법의 영향으로 1956년 4월 26일에 세워졌다. 네팔 중앙은행으로서 라스뜨러 은행은 금융감독기관으로 은행이나 금융기관을 감독한다. 또한 네팔 루피의 가치 유지 등 네팔 경제에 중요한 역할을 맡고 있다. 본사는 카트만두 발루와타(Baluwatar)에 있으며, 비라트나가르(Biratnagar), 자낙푸르(Janakpur), 바르군츠(Birgunj), 포카라(Pokhara), 싯다르타나가르(Siddharthanagar), 네팔군즈(Nepalgunj), 당가드히(Dhangadhi) 등에 위치한 7개의 지역 사무소가 있다.

NP no.436 & Sc#399

▶ Technical Details ·····································

Description : Goddess Tripura Sundari(Baitadi)
Date of Issue : December 30, 1981
Value : 25 Paisa
Color : Multicolor
Overall Size : 26.5mm X 42mm
Perforation : 13.75 X 14
Sheet : 50 stamps
Quantity : 1 Million
Designer : K. K. Karmacharya
Printed by : Carl Ueb344euter Druk & Veriag . Vienna Austria

1981 여신 트리뿌라 순다리(Goddess Tripura Sundari(Baitadi))

네팔의 서부 지역에 있는 일곱 여신 중 하나다. 이 일곱 여신들은 자매이다. 뜨리뿌라 순다리(Tripura Sundari)를 버거워띠 여신이라고 믿는다.

전설에 따르면 원래 뜨리뿌라 순다리 루디 데월(Rudi Dewal)에서 나온 전설이다. 현지인들이 먹고살기 위해서 보리를 가지고 왔는데 루디 데월이 마음에 안 들어서 여신이 그 현지인의 보리에 숨어 들었다. 현재 사원이 있는 장소에 와서 그 현지인이 용변이 급해서 보리를 놓고 화장실에 갔다. 그 현지인이 용변을 마치고 다시 돌아올 때 보리에서 소리가 들렸다. "그 밑에 약수가 있으니 손을 씻고 오라." 는 소리가 들렸다. 그 사람이 약수터에 가서 손을 씻고 올라온 후에 보리를 짊어지려고 했을 때 보릿자루가 꿈쩍을 하지 않았다. 다시 보릿자루에서 소리가 들렸다. "보릿자루를 여기 두고 가라." 는 소리였다. "네 집에 곡물이 가득 있을 것이다." 라는 소리도 들렸다. 믿기지 않았지만 그 현지인이 보릿자루를 그 장소에 그냥 놔 두고 집에 돌아갔더니 정말로 집에 곡물이 가득 있었다. 그날 이후 그 장소를 여신을 모신 기도처로 만들고 기도하기 시작했다고 한다.

현지인의 이야기에 따르면 이 사원이 14세기에서 15세기 사이에 만들졌다고 한다. 네팔 달력으로 셋째 달(어삿, Asadh) 하고 여섯째 달(어소즈, Ashoj)에 큰 축제가 열린다. 이때 많은 신자들이 사원에 기도하러 오고 여신께(암컷 물소, 염소, 등) 동물들도 바친다.

NP no.456 & Sc#417

▶ Technical Details ·······························

Description : Temple Barahkshetra
Date of Issue : December 30, 1983
Value : Re. 1.00
Color : Multicolour
Overall Size : 36 X 26mm
Perforation : 13.75 X 13.75
Sheet : 50 stamps
Quantity : 2 millions
Designer : M. N. Rana
Printed by : Carl ueberreuter Druck and verlag, Vienna, Austria

바라하크세트라 사원(Temple Barahkshetra)

바라하크세트라(Barahkshetra) 사원은 네팔 순사리 바라하크세트라에 있는 코카강과 코쉬강의 합류 지점 사이에 남아 있는 힌두교 순례지이다. 네팔에서 가장 오래된 성지 중 하나로 브라마 푸라나, 바라하 푸라나 및 스칸다 푸라나를 포함한 여러 푸라나스에서 언급되었으며 심지어 서사시 마하바라다에서도 언급되었다. 이곳은 네팔 동부 지역에서 가장 중요한 순례로 여겨진다. 바라하크세트라 사원의 현재 모습은 1991BS에 만들어진 것이다. 1990BS에 지진으로 사원이 철거된 후 1991BS에 마지막으로 Juddha Shamsher에 의해 재건되었다.

우주의 창조주 비슈누에게 바쳐진 하얀 시카라 스타일의 사원을 보기 위해 수많은 숭배자들이 이곳을 찾는다. 성전 앞에는 죄를 지었는지를 살펴볼 수 있는 돌이 있다. 돌을 들어 올릴 수 있는 자는 죄가 없는 것으로 간주된다. 또한 이곳에는 5세기에 만들어진 동상이 있다. 강렬한 숲, 아름다운 언덕과 흐르는 물이 있어 주변 경관이 매우 좋다. 신화에 따르면 이 사원은 멧돼지 모습을 한 비슈누 자신이 직접 이곳으로 내려와 히라야카시야프라는 악한 악마를 물리치고 지구를 구했다는 역사가 있다.

NP no.469 & Sc#429

▶ Technical Details ··

Description : Chhinna Masta Bhagawati
Date of Issue : December 21, 1984
Value : Re. 1.00
Color : Multicolour
Overall Size : 36 X 26mm
Perforation : 14 X 14
Sheet : 50 stamps
Quantity : 1 million
Designer : M. N. Rana
Printed by : Carl ueberreuter Druck and verlag, Vienna, Austria

1984 친너 머스따 벅워띠(Chhinna Masta Bhagvati(Goddess))

친너 머스따(Chinna Masta) 여신을 서커데쉬리로(Sakhadeswori) 또는 서커데쉬르
벅워띠(Sakhadeswor Bhagvati)라고 불린다. 그리고 이 사원은 네팔의 동남 지역
에 있다. 원래 친너 머스따는 갈라진 머리라는 의미를 가지고 있다.

전설에 따르면 현재 사원 있는 곳을 건설하기 위해서 땅을 팔 때 여신
조각상이 발견되었다고 한다.

이 사원은 1257년에서 1305년 사이에 만들어졌다고 한다.

힌두교의 큰 축제 중 하나 다사인(Dashain/Dasain) 때 신자들이 많다. 그리
고 신자들이 염소 같은 동물도 바친다.

NP no.482 & Sc#437

▶ Technical Details ·······································

Description : Jaleshwor
Date of Issue : December 15, 1985
Value : 10 paisa
Color : Multicolour
Overall Size : 42.5 X 26.5mm
Perforation : 13.5 X 14
Sheet : 50 stamps
Quantity : 3 millions
Designer : M. N. Rana
Printed by : Carl ueberreuter Druck and verlag, Vienna, Austria

1985 절레쉐르 마하데브(Jaleshwor Mahadev(Mahottari))

절레쉐르 마하데브(Jaleshwor Mahadev) 사원은 네팔의 동남쪽에 위치한 머홋 떠리(Mahottari) 지역의 절레쉐르(Jaleshwor) 시에 있다. 시타(Sita) 여신의 친정집 자낙푸르(Janakpur)에서 약 18km 떨어져 있다.

사람들이 이 사원은 시타 여신 시대부터 있었다고 믿는다.

사원에 호수가 있고 그 호수에 시버 링가(Shiva Linga)가 있다. 이 사원 이름이 절(물)+이쉬르(신)을 합쳐서 절레쉐르가 된 거다. 그리고 마하데브는 시바 신의 다른 이름이다.

이 사원에 네팔 달력으로 넷째 달 쓰라원(Shrawan)에 신자들이 많이 방문하고 신께 물을 바친다.

NP no.483 & Sc#438

▶ Technical Details ··································

Description : Shaileswori
Date of Issue : December 15, 1985
Value : Re. 1.00
Color : Multicolour
Overall Size : 42.5 X 26.5mm
Perforation : 13.5 X 14
Sheet : 50 stamps
Quantity : 1 millions
Designer : M. N. Rana
Printed by : Carl ueberreuter Druck and verlag, Vienna, Austria

1985 써일레쉬리 사원(Shaileswori(Doti) Krishna)

써일레쉬리(Shaileswori) 사원은 네팔의 서부 지역에 도티(Doti) 지역에 있다.

전설에 따르면 시바(Shiva/Shiv) 신하고 파르바티(Parvati) 여신이 꺼일라스(Kailash)에서 결혼식을 올리고 히말라야(Himalaya)를 가는 길에 세티(Seti River) 강가 근처인 현재 사원이 있는 곳에서 잠시 머물렀다. 브라마(Brahma) 및 다른 신들이 시바 신을 찾아서 이곳까지 왔다. 파르바티 여신이 부끄러워해서 투명으로 변했다. 브라마 및 다른 신들이 시바 신에게 기도를 올렸다. 그런데 시바 신이 자신보다 파르바티를 기도하고 그녀를 기쁘게 하라는 명령을 내렸다.

이 사원은 약 1,400에서 1,500년 사이에 세워졌다고 믿는다. 이 사원도 네팔의 서부 지역에 있는 9개 여신에 속한다. 사원 안에 6인치 높이 및 12인치 둘레가 있는 까만 시바 실라(Shiva Shila)가 있다. 이건 시바 신과 파르바티 여신의 합친 모습으로 믿고 기도를 올린다. 이 사원에 네팔 달력으로 일곱째 달 까르띡(Kartik), 둘째 달 제스터(Jestha) 그리고 열 번째 달 막(Magh)에 축제가 열린다. 이 중에 까르띡(네팔 달력으로 일곱째 달)에 열리는 축제가 제일 크다. 신들이 길게 여신을 기도했다. 결국 여신이 기뻐해서 실라에서 나와 원래 모습을 보여 줬고 신들에게 축복을 줬다. 그날 이후 여기서 시바 신에게도 기도를 올린다. 하지만 위 사건에 시바 신이 파르바티 여신의 중요성을 더 강요했기 때문에 여기서 파르바티 여신을 기도한다.

NP no.490 & Sc#445

▶ Technical Details ··································

Description : Pashupatinath
Date of Issue : October 9, 1986
Value : 5 paisa
Color : Brown
Overall Size : 20.5 X 23mm
Perforation : 13 X 13.5
Sheet :
Quantity :
Designer :
Printed by : India Security Press, India

1986 파슈파티나트(Pashupatinath)

　트리부반 국제공항에서 오른쪽으로 틀어 링로드를 따라 카트만두 시내로 들어오다 보면 파슈파티(Pashupati) 사원을 볼 수 있다. 자그마한 시냇물을 끼고 힌두사원이 자리잡고 있다. 파슈파티란 이름은 적어도 기원전 2세기부터 등장하기 시작했다는 기록이 있으나, 현재의 건물은 1650년 프라탑 말라(Pratap Malla) 왕에 의해 건립된 것이니까 340년의 연륜을 지닌다. 그러나 340년이란 연륜은 단지 현재의 건물이 세워진 햇수일 뿐 사학자들은 533년에 조성된 한 링감(Bhasemshwara lingam)의 명문을 판독, 기원 2세기 전의 존재를 확인하고 있다. 파슈파티는 이런 오랜 역사도 역사려니와 힌두교에 생소한 여행자들에게 잔잔한 충격을 안겨다 주는 곳이다. 카트만두를 여행하는 사람이면 누구나 한번쯤 들르는 장소이지만, 보는 이의 시각에 따라서 여러 가지를 느끼게 해 주는 장소다. 나는 네팔에 들를 때마다 이곳을 찾게 되는 단골 손님이 되었는데, 찾을 때마다 다른 시각에서 내가 나를 확인하게 된다.

D.Ram.PalPali/Watercolor/"Patan Durbar Square"

D.Ram.PalPali/Watercolor/"Bhaktapur Durbar Square"

NP no.491 & Sc#446

▶ Technical Details ·····································

Description : Lumbini
Date of Issue : October 9, 1986
Value : 10 paisa
Color : Light Blue
Overall Size : 20.5 X 23mm
Perforation : 13 X 13.5
Sheet :
Quantity :
Designer :
Printed by : India Security Press, India

룸비니(Lumbini)

룸비니(Lumbini)는 네팔 루판데히(Rupandehi) 구역 5번에 있는 불교 순례지이다. 부처에 관한 전통에 따르면, 이 장소는 기원전 563년에 마야데비(Maya devi) 여왕이 고타마 싯다르타(Siddhartha Gautama)를 낳은 장소이다. 기원전 528년 경 계몽을 이룬 사람인 고타마(Gautama)는 부처가 되었고 불교를 설립했다. 룸비니는 부처의 삶에 있어서 중요한 장소에서 일어나는 순례를 많이 끌어들인 장소 중 하나이다.

룸비니는 마야데비 사원과 여전히 복구 중인 몇몇 다른 사원들을 포함해서 여러 사원들을 지니고 있다. 많은 기념물들, 수도원 그리고 박물관, 룸비니 국제연구소 또한 이 성스러운 장소 내에 있다. 또한 이곳에는 부처의 어머니가 그가 태어나기 전에 의식을 치르고 처음으로 그를 목욕시킨 장소인 성스러운 연못인 푸스카리니(Puskarini)가 있다. 룸비니 근처의 다른 유적지에서는 전통에 따라 초기 형태의 불상들이 생겨났으며 그 후 궁극의 계몽을 달성했고 마침내 그들의 지구적인 형태를 포기했다.

룸비니는 1997년에 유네스코 세계문화유산에 등록되었다.

NP no.494 & Sc#449

▶ Technical Details ·······································

Description : Budhanilkantha
Date of Issue : October 26, 1986
Value : 60 paisa
Color : Multicolour
Overall Size : 42.5 X 26.5mm
Perforation : 13.75 X 14
Sheet : 50 stamps
Quantity : 5 millions
Designer : M. N. Rana
Printed by : Austrian state printing office, Vienna, Austria

1986 부다닐칸타(Budhanikantha)

　부다닐칸타(Budhanilkantha)는 카트만두 분지의 북쪽에 위치한다. 이 비스누 (Bishnu/Vishnu) 신 사원에는 5m 길이의 자고 있는 모습의 비스누 신 석상이 작은 호수 위에 있다. 여기서 비스누 신이 여러 개 머리가 있는 세스 낙(Shesh Naag) 위에 자고 있는 모습을 볼 수 있다. 석상을 보면 비스누 신이 손 4개 가 있고 각 손에 차크라(Chakra), 연꽃, 소라고둥과 곤봉을 잡고 있다.

　전설에 따르면 옛날에 어떤 농부 부부가 논에서 땅을 팔 때 호미로 석 상에 상처를 입혔고 피가 나왔다. 웬 피가 나왔냐고 확인하러 마을 사람 들이 계속 땅을 팠는데 비스누 신의 석상이 있었다고 한다.

　또 다른 사람에 의하면 이 석상은 7세기에 비스누 굽타(Vishnu Gupta) 왕이 현재 장소에 가지고 왔다고 한다.

　'부다'는 늙은, '닐'은 파란, 그리고 '칸타'는 목이라는 뜻이다. 힌두 전설에 따르면 파란 목은 시바 신의 상징이다. 힌두교 경전에 따르면 신 들하고 악마들이 경쟁을 했는데 그때 독이 나왔고 그 독으로 인해 세상 이 파괴되니까 신들이 시바 신에게 도움을 요청했다. 시바 신이 그 독을 마신 후에 너무 고통스러워하고 카트만두에 북쪽에 위치한 고사이군더 (Gosainkunda)에 가서 삼지창(Trishul)을 땅에 꽂았다. 거기서 물이 나왔고 그 물 을 마신 후에 시바 신 상태가 좋아졌다. 하지만 목은 파래졌다. 그래서 시바 신을 닐칸타(파란 목)로도 부른다. 그런데 왜 부다닐칸타에 있는 비스 누 신을 이 이름으로 불렀는지 아직도 모른다.

　여기 네팔 달력으로 일곱째 달 까르띡(Kartik)에 있는 힌두교 축제 '허리 보디니 에까더씨(Hari Bodhini Ekadashi)'에 신자들이 많이 방문하고 기도를 올 린다.

NP no.498 & Sc#446A

▶ Technical Details ⋯⋯⋯⋯⋯⋯⋯⋯⋯⋯⋯⋯⋯⋯⋯

Description : Pashupati Temple
Date of Issue : April 14, 1987
Value : 50 paisa
Color : Green
Overall Size : 20.5 X 23mm
Perforation : 13 X 13.5
Sheet :
Quantity :
Designer :
Printed by : India Security Press, India

1987 파슈파티나스(Pashupatinath)

"어디서 오셨습니까?"

시바 신의 성지이니까 힌두교도에겐 일생 동안 한번은 찾고 싶은 성지일 것이다. 그래서 인도의 어디쯤에서 왔을 것이란 기대를 갖고 물어본 질문이다.

"저기에서 여기로 왔습니다."

턱으로 다리를 가리킨다. 나의 단순 질문에 응축된 대답을 초기에는 이해하지 못했다. 더더욱 이해하기 힘든 것은 한쪽에서 시체를 태우는 가트가 있는가 하면, 쉬는 가트에서는 어린이들이 천진스레 뛰논다. 많은 순례자들은 막 화장한 뼛가루를 흘려 보내는 물속에 뛰어들어 성수를 뒤집어쓴다. 일단의 아낙네들이 하류에선 빨래를 하고 있고… 이런 난장판 같은 광경들 속에서도 태연히들 제각기 일에 몰두하는 바로 그게 신기하다.

힌두교는 인생의 윤회를 철저히 믿고 사는 종교다. 죽음을 보고도 저렇게 태연할 수 있다면 거기엔 필시 그럴 만한 이유가 있기 마련인데, 그 이유라는 게 바로 죽음을 새로 태어나는 과정으로 보는 게 아닐까 싶다. 이제 고통스러웠지만 숙명적인 삶을 마감하고 새로 태어날, 보다 평화스런 자신을 위해 기꺼이 죽음을 직면하는 담담함… 그런 게 크게 와 닿았다.

지금 막 운구해 온 시체를 홀랑 벗겨 차곡차곡 쌓은 장작더미 위에 얹고 불을 지핀다. 뽀오얀 연기가 고난의 일생을 싸안기라도 하듯 파슈파티(Pashupati) 사원의 금빛 누각으로 피어오른다.

NP no.500 & Sc#454

▶ Technical Details ....

Description : Birth of Buddha(Lumbini)
Date of Issue : October 28, 1987
Value : Rs. 4.00
Color : Multicolour
Overall Size : 43 X 30mm
Perforation : 14 X 14
Sheet : 50 stamps
Quantity : 1 million
Designer : M. N. Rana
Printed by : India Security printing press, Nasik

1987 룸비니(Lumbini)

"셋째 석주는 가비라 국에 있는데 곧 이곳은 부처가 태어난 성이다. 무수가 있다. 그 성은 이미 황폐되어 탑은 있으나 중은 없고 백성도 없다. 탑은 이 성의 맨 북쪽 끝에 있는데 숲이 거칠게 우거져 길에 도적이 많다. 따라서 그리로 예배 보러 가기에는 매우 어렵고 힘들다."
  _혜초 스님의 글

1982년 4월 14일

나는 룸비니(Lumbini)의 아소카 석주 앞에 경건하게 다시 한 번 섰다.

어쩌면 내가 선 바로 이 자리가 천년의 시간을 초월한 혜초 스님과의 만남, 2500년을 초월한 선각자 부다 세존과의 만남, 그리고 바로 이곳에 서 있었을 수많은 인연들과의 만남들을 되새기면서 잠시 멍하니 머릿속을 비웠다.

NP no.505 & Sc#459

▶ Technical Details ·······························

Description : Kasthamandap Temple
Date of Issue : December 21, 1987
Value : 25 paisa
Color : Multicolour
Overall Size : 29 X 39.1mm
Perforation : 13 X 13.25
Sheet : 35 stamps
Quantity : 5 millions
Designer : K. K. Karmacharya
Printed by : India Security printing press, Nasik

1987 카스타만다프(Kasthamandap, Kathmandu)

　3층짜리 이 건축물이 카트만두 더르바르 광장의 남쪽에 있었다. 카스타만다프(Kasthamandap)는 나무로 된 정자라는 의미이다. 그리고 현대 카트만두라는 이름도 카스타만다프에서 나왔다고 한다. 마루 사딸(Maru Satal)이라는 이름으로도 불렸던 이 건물은 살 나무(Sal Tree) 하나로 약 12세기쯤에 만들어졌다고도 하지만 최근 연구에 따르면 이 건축물의 토대가 7세기로 발견되었다. 그래서 이 건축물이 7세기부터 있었지만 시간이 흘러가면서 개조되었다고 주장하는 사람들도 있다.

　파고다(Pagoda) 방식으로 된 건물은 인도에서 중국 또는 중국에서 인도 가는 상인이나 성지순례에 나간 사람들을 위해 쉬는 공간 역할도 했다.

　건물 1층 가운데에 성인(Saint) 고라크나트(Gorakhnath)의 석상이 있었고 네 방향에 작은 가네쉬(Ganesh) 신이 있었다. 주로 성인 고러크나는 발자국으로만 상징되는데 여기는 독특하게 석상으로 되어 있다.

　카스타만다프 안에 북서쪽에 동그란 기둥이 있다. 이 기둥에 등을 맞문지르면 등이나 허리랑 관련 병이 나아진다고 믿는다.

　2015년에 일어난 대지진으로 인해 이 건축물이 다 무너졌다.

NP no.515 & Sc#469

▶ Technical Details ······································

Description : Vindhyabasini Temple Pokhara
Date of Issue : October 16, 1988
Value : 15 paisa
Color : Multicolour
Overall Size : 43.5 X 27.38mm
Perforation : 14.5 X 14.5
Sheet : 50 stamps
Quantity : 2 millions
Designer : M. N. Rana
Printed by : Harrison and Sons Limited, England

1988 여신 빈댜바시니 사원(Goddess Vindhyabasini Temple, Pokhara)

카트만두의 서쪽에 위치한 아름다운 포카라 시에 빈댜바시니^{(Vindhyabasini/}
^{Bindabasini)} 사원이 있다. 이 하얀색 파고다^(Pagoda) 방식의 사원에 '샬릭람
^(Shalikram, 패석)'을 두르가 여신의 상징으로 모시고 있다. 그리고 두르가 여
신이 포카라 시의 수호신이다.

이 사원은 1845년에 왕 커덕 범 말라^(Khadag Bam Malla)가 세웠다. 전설에 의
하면 두르가 여신이 꿈에 와서 사원을 세우라고 명령을 내려서 왕이 지었
다고 한다.

이 사원에 더사이^(Dasain) 축제 때 신자들이 많다. 그리고 동물들을 사원
에 바치기도 한다.

NP no.517 & Sc#471

▶ Technical Details ·····························

Description : 2nd Anniversary of Pashupati Area Development Trust
Date of Issue : March 3, 1989
Value : Re. 1.00
Color : Multicolour
Overall Size : 28 X 39mm
Perforation : 13.25 X 14
Sheet : 50 stamps
Quantity : 1 million
Designer : K. K. Karmacharya
Printed by : Austrian government printing office, Vienna, Austria

파슈파티나트^(Pasupatinath)

"누가 데리고 간 것이며 또 어디로 간단 말인가?"

파슈파티나트^(Pasupatinath)의 화장장에 앉아 불에 타는 시신을 한참 바라 보다 보면 나도 모르게 그런 의문을 던지게 된다. 역사 이래로 수많은 철학자와 종교가들이 그 실마리를 찾아 볼려고 애쓴 흔적들은 많지만 그 애쓴 흔적의 결과들이란 것이 명쾌하기는커녕 머리를 더욱 복잡하게 만들이 놓고 있다.

"사람은 죽으면 윤회의 굴레 속으로 빠집니다. 이승에서 그가 어떤 삶을 살았는가에 따라 그가 가는 내세는 다릅니다. 이 윤회의 고통으로부터 벗어나기 위해 해탈하신 부처님이 우리에게 자신을 닦아 윤회의 사슬로부터 벗어나는 진리를 가르치신 것입니다."

부처님이 살았던 당시의 인도 사회를 이끌던 종교사상은 힌두교이다. 이 힌두교의 뿌리깊은 윤회사상은 전생과 현세 그리고 내세가 이어지는 고리가 한 번만이 아니고 줄줄이 이어져 끝 간 데가 없다니 그 윤회의 고리가 길기도 하다.

"죽음이란 보이지 않는 것입니다. 저 죽은 사람을 슬프게 애도하고 있는 저사람들도 지금 당장 죽음의 그림자가 드리워 있는 줄도 모르고 저렇게 슬피 울고 있는 것일지도 모릅니다."

우리가 마음이란 것을 직접 볼 수 없는 것과 마찬가지로 죽음이란 것도 직접 볼 수 있는 것은 아니다. 죽음을 야기하는 여러 증상들을 미루어 죽음을 짐작할 뿐 죽음 그 자체를 바로 볼 수는 없는 것이다.

NP no.525 & Sc#479

▶ Technical Details ·······································

Description : Manakamana Temple Gorkah
Date of Issue : April 12, 1990
Value : 60 paisa
Color : Multicolour
Overall Size : 26.54 X 36.32mm
Perforation : 14.25 X 14.25
Sheet : 50 stamps
Quantity : 5 millions
Designer : K. K. Karmacharya
Printed by : Harrison and Sons Limited, England

1990 마나카마나 여신(Goddess Manakamana, Gorkha)

마나카마나(Manakamana)는 만하고 카마나 두 단어가 합쳐져서 만들어진 단어이다. 만은 마음, 그리고 카마나는 소원이라는 뜻이다. 그래서 마나카마나는 소원을 들어주는 사원이다. 그리고 두르가 여신의 화신 마나카마나 여신을 모시고 있다.

카트만두에서 포커라 가는 중에 있는 이 사원은 고르카(Gorkha) 지역에 위치한다. 꾸린따르(Kurintar)에서 케이블카를 타면 쉽게 사원까지 갈 수 있다.

전설에 따르면 고르카의 왕 람 샤(Ram Shah)의 왕비가 신적 능력을 가지고 있다는 걸 몰랐다. 이것은 그녀의 신자 라칸 타파 마거르(Lakhan Thapa Magar)만 알고 있었다. 그런데 어느 날 밤에 자기 왕비를 몰래 따라다니다가 왕은 왕비가 가진 여신의 모습을 보게 됐다. 그다음 날 왕이 왕비에게 그녀가 신적 능력을 가진 걸 꿈에서 봤다고 했는데 왕이 바로 죽었다. 그 시대에 남편이 죽으면 아내도 남편을 화장하는 장작더미에 같이 불을 태워서 목숨을 끊는 사티(Sati)라는 관습이 있었다.

왕비도 '사티'를 하기 위해 준비하면서 라칸 타파 마거르에게 다시 돌아오겠다고 했다. 그리고 왕비가 목숨을 끊었다.

왕하고 왕비가 돌아간 6개월 후에 어떤 농부가 쟁기로 땅을 갈 때 돌에 부딪여 돌에서 피와 우유가 쏟아졌다는 소문을 라칸 타파가 들었다. 타파가 그 장소에 서둘러 갔고 그 돌을 왕비의 화신이라고 믿고 그곳에 사원을 세웠다. 그리고 기도하기 시작했다.

다른 힌두교 사원과 달리 이 사원 성직자가 브라만(Brahmin/Brahman)이 아닌 마거르(Magar)족이다. 아직도 라칸 타파 마거르의 후손들이 이 사원의 성직자 역할을 하고 있다.

NP no.530 & Sc#484

▶ Technical Details ·····································

Description : Bageswari Temple, Nepalgunj
Date of Issue : December 24, 1990
Value : Re. 1.00
Color : Multicolour
Overall Size : 38.5 X 31.13mm
Perforation : 13.5 X 13.5
Sheet : 50 stamps
Quantity : 2 millions
Designer : K. K. Karmacharya
Printed by : Austrian government printing office, Vienna, Austria

1990 바게쉬리 사원(Image of Bageswari & Temple(Nepalgunj))

바게쉬리(Bageswari) 사원은 네팔 남쪽 지역에 있는 네팔군지(Nepalgunj)에 있다. 이 사원에는 두르가(Durga) 여신을 모시고 있다. 이 사원에 다른 시바 신 사원도 있는데 여기서 수염이 있는 시바 신의 독특한 모습을 볼 수 있다.

전설에 따르면 시바(Shiva/Shiv) 신의 아내 사티(Sati)가 돌아간 후에 시바 신이 아내의 시신을 들고 다닐 때 비스누(Bishnu/Vishnu) 신이 사티의 시신을 분해시켰다. 이걸로 인해 사티의 몸의 각 부분이 여러 곳에 떨어졌고 그곳들이 바로 샤크티페스(Shaktipeeth)로 알려졌다. 여기서는 사티의 혀가 떨어졌다고 한다.

NP no.542 & Sc#497

Description : Vivaha Mandap, Janakpur
Date of Issue : December 11, 1991
Value : Re. 1.00
Color : Multicolour
Overall Size : 26.2 X 33.1mm
Perforation : 11.5 X 11.5
Sheet : 50 stamps
Quantity : 2 millions
Designer : M. N. Rana
Printed by : Helio courvoisier S.A., Switzerland

비바하 만다프(Vivaha Mandap)

    비바하 만다프(Vivah Mandap) 사원은 야나키 만디르(Janaki Mandir) 옆에 위치한다. 이곳에서 라마 신과 시타(Sati) 신이 결혼했다고 알려져 있다.

NP no.548 & Sc#503

▶ Technical Details ·····························

Description : Thakurdwara, Bardiya
Date of Issue : November 10, 1992
Value : 75 paisa
Color : Multicolour
Overall Size : 38 X 27.5mm
Perforation : 14 X 14
Sheet : 50 stamps
Quantity : 2 millions
Designer : K. K. Karmacharya
Printed by : Helio courvoisier S.A., Switzerland

타쿠르드와라(Thakurdwara)

   타쿠르드와라^(Thakurdwara)는 네팔 서남 버르디야^(Bardiya) 지역의 타쿠르드 와라 마을에 있다. 바르디야 국립공원^(Bardiya National Park)에서 가까운 거리에 있다.

   사원 안에 비스누^(Bishnu/Vishnu) 신의 석상이 있다. 4개의 손을 가진 비스 누 신의 모습을 볼 수 있다. 그리고 비스누 신 머리 뒷부분에 여러 개 머 리를 가진 세스 나그^(Shesh Nag)도 볼 수 있다.

   사원은 언제 누가 만들었는지 기록은 없지만 전설에 의하면 옛날에 어 떤 농부가 땅을 파고 있는데 큰 돌 같은 거를 발견했다. 계속 파니까 어 떤 석상이 보였다. 석상 파는 일을 그만두고 그 시절의 왕을 만나 있었던 일을 얘기했다. 왕이 그 석상을 가지고 오라고 명령했다. 다음 날 사람들 이 가서 다시 파는 작업을 시작했는데 땅에서 물이 나타나기 시작했다. 그리고 뱀들도 나타났다. 그날 밤에 왕의 꿈속에 석상이 나타나서 자기 자리를 옮기지 말아 달라고 이야기한다. 왕이 다음 날 사람들에게 파는 작업을 그만하라고 했고 석상이 있는 곳에 사원을 설립했다.

   마카르 산크란티^(Makar Sankranti)에서는 멋진 축제가 열린다. 네팔과 이웃 나라인 인도로부터 온 몇몇 신도들은 이곳에 모여서 타쿠르^(Thakur) 신을 숭배한다.

NP no.549 & Sc#504

▶ Technical Details ·····························

Description : Namo Buddha, Kavre
Date of Issue : November 10, 1992
Value : Re. 1.00
Color : Multicolour
Overall Size : 38 X 27.5mm
Perforation : 14 X 14
Sheet : 50 stamps
Quantity : 2 millions
Designer : K. K. Karmacharya
Printed by : Helio courvoisier S.A., Switzerland

1992 나모 부처(Namo Buddha)

　나모 부처(Namo Buddha)는 카트만두에서 동쪽 40km 떨어진 곳에 있다.
　다프차(Dapcha)와 카브레(Kavre) 구역에 있는 산쿠(Shankhu) 사이에 위치한 나모 부처는 불교 신도들의 가장 유명한 순례 장소로 여겨진다. 전설에 따르면, 갓 태어난 다섯 마리의 새끼들과 함께 있는 굶주린 여종업원을 보고 연민으로 가득찬 고대 산쿠의 어떤 왕자가 자신의 살점을 잘라서 그녀를 먹였고 보름달이 뜬 날에 구원을 얻었다고 한다. 나중에 부처는 내핍 생활을 실천하기 위해 왕자의 유물을 넣어서 지은 절에 갔다. 부처의 시야에 사원이 들어오고 경건하게 그의 목을 매달았기 때문에 사원이 나모 부처라는 이름을 갖게 되었다는 통념이 있다.

NP no.550 & Sc#505

▶ Technical Details ·······································

Description : Narijhowa(Maha Laxmi) Mustang
Date of Issue : November 10, 1992
Value : Rs. 2.00
Color : Multicolour
Overall Size : 38 X 27.5mm
Perforation : 14 X 14
Sheet : 50 stamps
Quantity : 2 millions
Designer : K. K. Karmacharya
Printed by : Helio courvoisier S.A., Switzerland

1992 나리조와 무스탕(Narijhowa(Maha Laxmi) Mustang)

  나리조와^(Narijhowa) 사원은 무스탕^(Mustang) 지역의 칸티^(Khanti) 마을에 있는 나리코^(Narikot)에 위치해 있다. 마할락슈미^(Mahalaxmi) 여신의 그림은 사찰의 내부에 세워져 있고, 사찰의 벽에 다양한 불교 문화의 상징물들이 그려져 있다. 그 지역 거주자들은 나리조와 여신에게 큰 믿음과 존경을 표하고, 여신이 기억될 때 그녀가 모든 재난과 불행으로부터 그들을 구원하고 보호한다는 믿음을 가지고 있다.

NP no.551 & Sc#506

▶Technical Details ····································

Description : Dantakali(Sunsari)
Date of Issue : November 10, 1992
Value : Rs. 11
Color : Multicolour
Overall Size : 38 X 27.5mm
Perforation : 14 X 14
Sheet : 50 stamps
Quantity : 2 millions
Designer : K. K. Karmacharya
Printed by : Helio courvoisier S.A., Switzerland

1992 단타칼리(Dantakali)

단타칼리(Dantakali) 사원은 네팔 동쪽에 있는 더란(Dharan) 시에 있다. 더란에 비저여뿌르(Vijaypur)라는 언덕 위에 이 사원이 있는데 여기 두르가의 화신으로 단타칼리 여신을 모시고 있다. 앞서 이야기된 힌두교의 전설인 사티의 몸이 여러 곳에 떨어진 사원 중 하나이다.

단타칼리에는 사티의 이가 떨어졌다고 한다. '단타' 는 이라는 뜻이고 '칼리' 는 두르가 여신의 다른 이름이다. 아직도 이 사원에 시타의 이를 보관하고 있다. 단타칼리에는 힌두교 축제인 다사인(Dasain/Dashain/Dashami)에 신자들이 제일 많이 방문한다. 그리고 전설에 따르면 이때 단타칼리 여신이 나타나기 시작했다. 이 지방에서는 치아 모양의 부서진 돌을 볼 수 있다. 사람들은 이 돌을 여신을 섬기듯이 숭배하며 동물을 여신께 바치기도 한다.

NP no.572 & Sc#529

▶ Technical Details

Description : Tushahity Sundari Chowk
Date of Issue : December 28, 1993
Value : Rs. 5.00
Color : Multicolour
Overall Size : 38.5 X 29.6mm
Perforation : 13.5 X 13.5
Sheet : 50 stamps
Quantity : 1 million
Designer : M. N. Rana
Printed by : Austrian government printing office, Vienna, Austria

Yeti 네팔의 문화유적을 순례하다

1993 투샤히띠(Tushahity, Patan)

투샤히띠(Tushahity)는 파탄 더르바르 광장(Patan Durbar Square)에 있는 순다리 쪽(Sundari Chowk)에 있다. 이건 1647년에 만들어졌다.

투샤히띠는 왕의 샤워실의 의도로 만들어졌다고 하기도 한다. 이 목욕탕을 돌로 만든 뱀 두 마리가 둘러싸고 있다. 여기 72개의 세밀한 석상들이 3층으로 자리를 잡고 있다. 그리고 꼭지 위에 축소된 끄리스너(Krishna) 사원도 있다. 꼭지에는 거루다(Garud/Garuda, 비스누 신의 교통수단) 위에 비스누(Bishnu/Vishnu) 신 그리고 비스누 신의 무릎에 러츠미(Laxmi) 여신이 앉아 있는 모습을 볼 수 있다.

NP no.576 & Sc#528

▶ Technical Details ······································

Description : Bagh Bhairab(Kirtipur)
Date of Issue : December 28, 1993
Value : Rs. 8.00
Color : Multicolour
Overall Size : 38.5 X 29.6mm
Perforation : 13.5 X 13.5
Sheet : 50 stamps
Quantity : 1 million
Designer : K. K. Karmacharya
Printed by : Austrian government printing office, Vienna, Austria

1993 바그 바이라브 사원(Bagh Bhairab Temple, Kirtipur)

바그 바이라브(Bagh Bhairab) 사원은 카트만두의 서남쪽에 있는 키르티푸르(Kirtipur)에 있다. 이 사원에 바이라브 신이 호랑이 모습을 가지고 있어서 사원 이름이 바그(Bagh, 호랑이) 바이라브(Bhairav, 무서운 모습을 가지고 있는 시바 신)이다.

바그 바이라브는 키르티푸르의 수호신이다. 그리고 키르티푸르 주민들이 아주댜(Ajudya, 할아버지 신)라고도 한다. 3층짜리 이 사원은 아마 약 16세기에 만들어졌다고 한다. 제일 아래 2층 지붕은 기와로 되어 있고 제일 위에 있는 지붕만 구리로 되어 있다. 제일 밑에 있는 지붕에 첨탑이 하나 있고 두 번째 지붕에 첨탑 6개가 있다. 그리고 제일 위에 있는 지붕에 첨탑이 11개가 있다.

전설에 의하면 여자아이들이 양을 숲에 방목하고 있었다. 그동안 여자아이들이 흙으로 호랑이를 만들면서 놀이를 했다. 호랑이 혀도 필요했는데 잎으로 혀를 만들기로 했다. 그래서 잎을 찾으러 나갔고 돌아온 사이에 양들이 다 사라졌다. 여자아이들이 울고불고 했고 양을 못 찾았다. 마지막에 흙으로 만든 호랑이 있는 쪽에 가서 양을 먹었냐고 물었다. 그때 호랑이가 입을 크게 벌렸다. 입안에 피가 있었다. 여자아이들이 화가 나서 혀를 만들어주지 않았다. 그래서 아직도 바그 바이라브 신의 입에 혀가 없고 벌려 있다.

NP no.578 & Sc#534

▶ Technical Details ·····································

Description : Bhimsen Tower
Date of Issue : May 17, 1994
Value : 20 paisa
Color : Darkbrown
Overall Size : 21 X 23mm
Perforation : 14 X 14
Sheet :
Quantity :
Designer :
Printed by : Security Printing Press Bangladesh

1994 다라하라(Dharahara)

다라하라(Dharahara)의 다른 이름이 빔센(Bhimsen) 타워이다.

카트만두의 중심에 있었던 9층짜리 이 타워는 61.88m였고 1832년에 그 당시 국무총리 빔센 타빠(Bhimsen Thapa)가 왕비 뜨리뿌라 순다리(Queen Tripura sundari)의 명령 하에 만들었다.

2015년 대지진에 무너졌던 다라하라는 원래 1934년에 지진에 무너져서 다시 만든 것이다. 그런데 1934년 전 다라하라는 11층이었다. 이 탑은 원래 군사적인 목적으로 만들었다.

NP no.580 & Sc#536

▶ Technical Details ··

Description : Lumbini, Birthplace of Buddha
Date of Issue : May 17, 1994
Value : 30 paisa
Color : Grey, Green
Overall Size : 21 X 23mm
Perforation : 14 X 14
Sheet :
Quantity :
Designer :
Printed by : Security Printing Press Bangladesh

1994 룸비니(Lumbini) 동산에 천막을 치고

이번의 룸비니(Lumbini) 여행이 나로선 두 번째 길이다. 첫 번째는 지난 1982년 2월 2박 3일로 한번 들렀지만, 룸비니 동산만을 보고 되돌아갔던 아쉬움을 이번에는 어떻게 해서든지 가비라성이나 또 1973년 처음으로 발굴된 부처님 당시의 여러 유물들이 룸비니 주변 20~30km 반경 속에 흩어져 있는 것을 자세히 돌아보고, 그 발자취들을 더듬기 위해 일주일의 여정을 잡아 다시 찾아왔다.

룸비니 동산의 보리수 아래 천막을 치고 하룻밤의 무더위와 싸운 나는 이른 새벽에 일어나 마야데브 사원과 최근에 건립한(1975) 티베트 사원, 불교사원들을 두루 둘러보았다. 이곳에서 수도하고 계신 Vimalamada 큰스님은 낯선 이른 새벽의 참배객을 백년지기나 되는 듯이 따뜻하게 맞아준다.

"손님, 오늘이 무슨 날인지 아십니까?"

"감사합니다. 오늘요? 오늘이 4월 14일 아닌가요?"

"오늘이 정말 무슨 날인지 모르시나요?"

"……."

스님의 안내로 그의 승방에 초대되는 영광을 받았다. 따뜻한 네팔차를 대접받으면서, 내가 바로 네팔력으로 새해 첫날의 첫 경배자임을 스님의 설명으로 알게 되었다. 옷자락만 스쳐도 인연이라는데, 이런 행운이 나에게 주어진 인연이 송구스럽기만 했다. 이런 흥분을 감추지 못하면서 룸비니 동산의 경내를 다시 한 번 둘러보며, 가비라성의 유적이나 부러진 채 발견된 아소카 석주, 유적지에서 발굴된 여러 유물들을 둘러볼 계획을 설명했더니, 아주 알찬 여행을 한다면서 도와줄 게 없느냐고 그러신다.

NP no.608 & Sc#563

▶ Technical Details ⋯⋯⋯⋯⋯⋯⋯⋯⋯⋯⋯⋯⋯⋯

Description : Taleju Temple(Kathmadu)
Date of Issue : December 28, 1994
Value : Rs. 11
Color : Multicolour
Overall Size : 29.6 X 38.5mm
Perforation : 14 X 13.5
Sheet : 50 stamps
Quantity : 1 million
Designer : M. N. Rana
Printed by : Austrian government printing office, Vienna, Austria

1994 탈레주 사원(Taleju temple)

　탈레주(Taleju) 사원은 카트만두 더르바르(Durbar) 광장 안에 위치한 가장 아름다운 사원이라고 알려져 있다. 이 사원은 북동쪽을 바라보고 서 있다. 일반 사람들은 이 사원에 들어갈 수 없으며 심지어 힌두교인들에게도 출입이 제한된다. 매년 열리는 짧은 다사인(Dasain) 축제 기간 동안에만 그들의 출입이 허용된다. 이 사원은 1564년 마헨드라 말라(Mahendra Malla)에 의해 지어졌으며 높이는 35m에 달한다. 탈레주 바와니(Taleju Bhawani)는 원래 인도 남부의 여신이었는데 14세기에 그녀는 명목상의 신 혹은 말라(Malla) 왕족의 여신이 되었다.

NP no.613 & Sc#533

Description : Singh Durbar
Date of Issue : May 29, 1995
Value : 10 paisa
Color : Peacock Green
Overall Size : 21 X 23mm
Perforation : 14 X 14
Sheet :
Quantity :
Designer :
Printed by : Security Printer Press Bangladesh

1994 싱허 더르바르(Singh Durbar)

싱허 더르바르(Singh Durbar)는 사자 궁이라는 의미이다. 쩐드러 섬세르 정 거 바하두르 라나(Chandra Shamsher Jung Bahadur Rana)가 1903년에 만들 때 이 궁 에 방이 1,700개가 있었다. 이 신고전주의 양식의 건물은 개인 주택가로 만들었지만 쩐드러 섬세르가 이 건물에 거주한 몇 년 뒤에 네팔 정부에게 팔았다. 그 이후 이 건물이 라나 국무총리들(Rana Prime Ministers)의 주택으로 사용되었다.

이 건축물은 네팔의 양식보다 유럽의 영향을 볼 수 있다. 이 건물 만 들 때 샹들리에, 대리석, 등 영국, 벨기에, 기타 나라에서 수입했다고 한다. 1951년에 라나들의 독재 통치가 끝난 후에도 1953년까지 모한 섬세르 (Mohan Shamsher)가 사용했다. 그리고 1973년에 큰 화재가 일어났다.

현재 이 복합건축을 네팔의 여러 부서 및 정부 기관들이 이용하고 있다.

NP no.614 & Sc#537

▶ Technical Details ⋯⋯⋯⋯⋯⋯⋯⋯⋯⋯⋯⋯⋯⋯⋯⋯⋯

Description : Pashupati Temple
Date of Issue : May 29, 1995
Value : 50 paisa
Color : Dark Blue
Overall Size : 21 X 23mm
Perforation : 14 X 14
Sheet :
Quantity :
Designer :
Printed by : Security Printer Press Bangladesh

1995 파슈파티나스(Pashupatinath)

다음은 발라 크리스나 사마(Bala Krishna Sama) 씨가 쓴 '죽음의 노래(Expression after Death)'란 시의 일부이다.

"사랑하는 사람이여, 이제 나는 아주 떠나려고 합니다. 나의 몸은 시든 나뭇잎보다 가볍게 날려 갑니다. 그런데 왜 당신은 그렇게도 슬피 울고 있습니까? 그대의 마음이 그렇게 깊이 상처를 받아야만 하다니, 당신의 비탄에 밀려서 부드러운 바람의 물결이 조각조각 부수어지고 있는 게 보이지 않습니까? 나는 그 조각들 모두를 볼 수 있습니다. 그리고 모든 시냇물 속으로 흘러들어 갈 수도 있습니다. 사랑하는 사람이여, 조용히 하십시오. 나를 사랑하는 당신이여, 조용히 하십시오. 그대의 눈물로 불가의 철학인 무에 바치도록 하십시오. 이제 나는 고통으로부터 자유롭고, 어떤 아픔도 나를 더 이상 괴롭히지 않습니다. 어떤 적이 날카로운 삼지창을 들고 나를 찌르려고 달려든다면 그 창은 나의 가슴에서 연기처럼 흔들릴 것입니다. 왜냐하면 이제 나는 단단한 유리가 아닌 부드러운 창공이기 때문입니다. 나는 투명해졌습니다. 만약 나의 손이 바람으로 만들어졌다면 나는 입맞춤으로 그대의 눈을 덮어 주고 눈물이 흐르는 눈을 막아 줄 것입니다. 그러나 이제 이미 나는 하늘이 되었습니다.

…(중략)…

모든 나의 고통은 사라지고 이제 나는 평온하답니다. 그동안 나는 수많은 짐 때문에 머리가 아프고 나의 목은 꽉 죄이고 손과 다리는 결박당했으며, 나의 가슴은 너무 죄어서 숨쉬기조차 힘들었습니다. 사랑과 애착

157

이 나의 가슴을 짓누르고 나의 긴장을 높여 주었습니다. 얽힌 핏줄은 마디를 이루고 나의 뼈는 요란스럽게 으스러졌습니다. 지금까지 나는 그런 육신이 나의 것이라고 말해 왔습니다. 그리고 나의 피는 강물처럼 흘렀고. 이제 나는 모든 속박으로부터 자유로워지는 것을 생생하게 경험하고 있습니다. 이것이 '죽음'입니다. 만약 그렇다면 이제 나도 깊이 잠들게 해 주십시오. 그러나 나는 모르겠습니다. 원치 않는 욕망이 아직 나에게 남아 있는지. 나는 하늘 전체에 퍼져 누울 것입니다.

사랑하는 사람이여, 당신의 사랑이 골고루 퍼지는 그곳에서 당신의 사랑은 머리부터 발끝까지 나를 덮어 주고, 우리의 끝없는 사랑의 꿈속에 잠기고, 우리가 함께 술을 마시던 달콤한 추억에 잠겨 저 밑바닥부터 행복이 솟아나고, 우리의 마음이 그 속에 묻히던 그때의 기억에 잠겨 있을 것입니다. 어두운 밤이 밝은 대낮을 기다리듯이, 나는 기다리고 있습니다. 언젠가 당신이 하늘이 되어 나에게 올 것을. 분명 그럴 것입니다. 그때 나는 새벽하늘 빛으로 당신을 반기고 당신을 끝없이 포옹하고 그리고 나서 다시는 헤어지지 않을 떡갈나무를 당신에게 드리겠습니다. 태양과 그의 아내가 우리의 증인이 될 것입니다.

이제 나를 잠들게 해 주십시오. 당신이 오는 그날 나는 깨어날 것입니다. 시간의 손수건으로 눈물을 닦고 울먹이지 마십시오. 나의 사랑이여, 나의 잠을 방해하지 마십시오."

NP no.629 & Sc#574

▶ Technical Details ···································

Description : Bhimeshwor Temple
Date of Issue : November 8, 1995
Value : Re. 1.00
Color : 4 colours
Overall Size : 29.5 X 38.5mm
Perforation : 13.25 X 14
Sheet : 50 stamps
Quantity : 1 million
Designer : K. K. Karmacharya
Printed by : Government printing office, Vienna, Austria

1995 빔쉐르 사원(Bhimeshwor Temple, Dolkha)

  빔쉐르(Bhimeshwor) 사원은 카트만두에서 133km 동북쪽에 위치한 돌카(Dolkha/Dolakha) 지역에 있다. 이 사원은 판두(Pandu)의 둘째 아들 빔(Bhim)을 모시고 있다. 판두와 빔은 힌두교의 대서사시 '마하바라타(Mahabharat)'에 나타난 인물이다. 빔 신은 힘의 신 그리고 상인들의 신이다. 이 사원은 빔쉐르 사원 또는 돌카 빔센(Dolkha Bhimsen)이라는 이름으로 유명하다.

  전설에 의하면 옛날에 12명의 짐꾼들이 이 지역을 지나가고 있었다. 여기서 밥을 해결하기 위해서 돌 3개를 세워 단기간 사용할 수 있는 아궁이를 만들었다. 불을 붙여 밥을 했는데 두 쪽은 익었고 다른 한쪽은 익지 않았다. 주걱으로 밥을 돌렸다. 밥솥을 옮겨 봤는데 이미 익었던 밥이 세모 모양의 돌로 옮기자 다시 안 익은 상태로 변했다. 한 짐꾼이 너무 화가 나서 그 돌을 주걱으로 때렸더니 돌에서 피가 섞인 우유가 나타났다. 그걸 보고 상인들이 빔 신이라고 깨달았고 그날부터 사람들이 기도를 올리기 시작했다.

  지붕 없는 이 사원에는 세모 모양의 돌이 빔 신을 상징하고 있다. 하지만 이 돌은 3신들 즉, 빔 신, 바그와티(Bhagawati/Bhagwati) 여신 그리고 시바(Shiva/Shiv) 신의 환생이라고 믿는다. 그리고 이 돌에 땀(물방울)이 생기면 네팔에 안 좋은 일이나 사건이 일어난다고 한다. 이렇게 땀이 생길 때마다 나라의 제일 고위 자리의 사람(공화국 되기 전에 왕, 현재 대통령)이 직접 방문하고 기도를 올리거나 기도를 위해 물건을 보내야 한다.

NP no.630 & Sc#575

▶ Technical Details ·······································

Description : Ugra Tara Temple
Date of Issue : November 8, 1995
Value : Rs. 5.00
Color : 4 colours
Overall Size : 38.5 X 29.5mm
Perforation : 13.25 X 14
Sheet : 50 stamps
Quantity : 1 million
Designer : K. K. Karmacharya
Printed by : Government printing office, Vienna, Austria

1995 우그라 따라(Ugra Tara, Dadeldhura)

　네팔의 서쪽에 다델두라(Dadeldhura)라는 지역에 우그라 따라(Ugra Tara) 사원이 있다. 이 사원에 우그라 따라 여신을 모시고 있다.

　전설에 의하면 옛날에 어떤 농부가 쟁기로 땅을 팔 때 조각상을 발견했다. 조각상은 쟁기로 인해 금이 생겼고 피를 흘렸다. 이걸 목격한 농부는 여러 방법을 사용해도 피가 멈추지 않았다. 마지막에 농부가 가지고 있던 키쩌디(녹두, 쌀을 같이 섞어서 만든 음식)를 금이 난 곳에 바른 후에 피가 멈췄다. 그리고 자기를 우그러 따라 여신이라고 했다. 그 후에 그 석상을 모시고 사원을 만들었다.

　사람들은 이 사원에서 자신의 소원이 이루어진다고 믿는다. 그리고 다사인(Dasain/Dashain) 축제의 여덟째 아스타미(Asthami) 날에 큰 기도가 열린다.

NP no.633 & Sc#580

▶ Technical Details ·······································

Description : Birth place of Gautam Buddha - Lumbini
Date of Issue : December 23, 1995
Value : Rs. 20
Color : 4 colours
Overall Size : 32.5 X 32.5mm
Perforation : 14 X 14
Sheet : 50 stamps
Quantity : 1 million
Designer : K. K. Karmacharya
Printed by : Government printing office, Vienna, Austria

1995 Birth place of Gautam Buddha - Lumbini

기원전 623년 바이사카(Vaisakha, 5월 혹은 6월)에 보름달이 뜨던 날 마야데비(Maya Devi)는 그녀의 친정인 데바다하(Devadaha)로 향하던 길에 룸비니(Lumbini)에 도착했다. 그녀는 뱃속의 아이를 데리고 천천히 룸비니 정원의 아름다움을 누렸다. 출산할 때가 가까워졌다는 것을 느낀 그녀는 정원의 중앙에 위치한 사크야 푸스카리니(Sakya Puskarini)에서 목욕을 했다. 그곳에 있는 아름다운 아소카(Ashoka) 나무의 나뭇가지를 잡고 그녀는 아이를 낳았다. 그 아이가 부처이고, 그의 유년 시절 이름은 싯다르타(Siddhartha)였다. 그 이름의 뜻은 '목적을 달성한 자'였다.

NP no.647, 648 & Sc#538, 533A

▶ Technical Details ⋯⋯⋯⋯⋯⋯⋯⋯⋯⋯⋯⋯⋯⋯

Description : Kasthamandap(Kathmandu)
Date of Issue : October 9, 1996
Value : 50 paisa, Red 90 paisa
Color : Dark Brown, Red
Overall Size : 20.5 X 25.7mm
Perforation : 14 X 14
Sheet : 100 stamps
Quantity : 5 millions
Designer : K. K. Karmacharya
Printed by : Helio Courvoiries S. A. Switzerland

1996 카스타만다프(Kasthamandap)

　인기 있는 네팔 건축양식으로 지어진 카스타만다프(Kasthamandap)는 카트만두 시의 중심부에 서 있다. 수도 카트만두의 이름은 카스타만다프의 이름을 따서 붙인 것이라고 전해진다. 현지 거주자들에 의해서는 마루사딸(Marusattal)이라고 불리기도 한다.

　이 만다파는 12세기에 한 그루의 나무로 지어졌다고 전해진다. 이는 네팔의 목조건물의 대표 걸작으로 여겨진다. 구루 고라크나트(Guru Gorakhnath)의 그림은 중심부에 위치하고 있으며 시바 신의 아들이자 코끼리 신인 가네쉬 신의 네 개의 그림들은 만다프의 네 모서리들에 설치되어 있다.

NP no.648 & Sc#539A

▶ Technical Details

Description : Nyatapola(Bhaktapur)
Date of Issue : October 9, 1996
Value : Re. 1.00
Color : Dark Brown, Black
Overall Size : 20.5 X 25.7mm
Perforation : 14 X 14
Sheet : 100 stamps
Quantity : 10 millions
Designer : K. K. Karmacharya
Printed by : Helio Courvoiries S. A. Switzerland

1996 냐타폴라(Nyatapola)

냐타폴라(Nyatapola) 사원은 네팔의 라자 부파틴드라 말라(Raja Bhupatindra Malla)에 의해 건설된 네팔의 오래된 마을인 박타푸르(Bhaktapur)의 중심부에 위치하고 있다. 이 사원은 17세기 네팔 건축양식의 살아 있는 표본이다.

이 기념우표는 냐타폴라 사원의 아름답고 매력적인 모습을 묘사하고 있다.

NP no.649 & Sc#593

▶ Technical Details ·······································

Description ; Arjun Dhara, Jhapa
Date of Issue : November 20, 1996
Value : Re. 1.00
Color : 4 colours
Overall Size : 40 X 30mm
Perforation : 14 X 14
Sheet : 50 stamps
Quantity : 1 million
Designer : M. N. Rana
Printed by : Government printing office, Vienna, Austria

1996 아르준다라 사원(Arjundhara, Jhapa)

아르준다라(Arjundhara) 사원은 네팔 동남쪽에 자빠(Jhapa) 지역에 있다. 아르준은 판두(Pandu)의 셋째 아들이고 다라(Dhara)는 네팔 말로 물 꼭지라는 뜻이다.

전설에 의하면 판다브 형제 5명(5Pandav, Pandu의 아들들/마하바라타에 나타난 인물들) 중에 셋째 아들 아르준(Arjun)이 자기 소들을 방목하러 현재 사원이 있는 지역에 도착했다. 목이 말랐으나 물이 없어서 자기 활을 쐈다. 그 활이 땅에 떨어졌고 거기서 물이 나왔다. 현재 이 사원에 있는 호수가 아르준 때문에 생긴 거라고 믿는다.

NP no.650 & Sc#594

▶ Technical Details ·······································

Description : Nuwakot Durbar
Date of Issue : November 20, 1996
Value : Rs. 2.00
Color : 4 colours
Overall Size : 40 X 30mm
Perforation : 14 X 14
Sheet : 50 stamps
Quantity : 1 million
Designer : M. N. Rana
Printed by : Government printing office, Vienna, Austria

1996 누와콧 더르바르(Nuwakot Durbar, Nuwakot)

누와콧 더르바르(Nuwakot Durbar, Nuwakot)는 카트만두에서 서북쪽에 누와콧(Nuwakot) 지역에 위치한다. 쁘리티미 나라연 샤(Prithvi Narayan Shah) 왕이 통치했을 때 18세기에 이 궁이 만들어졌다. 원래 9층짜리인 이 궁은 1934년에 일어난 대지진에 의해 제일 위에 있는 2층이 무너졌다. 현재는 7층밖에 안 된다. 이 궁은 삿 떨레 더르바르(Saat Tale Durbar, 7층짜리 궁)로 유명하다. 이 왕궁은 궁 겸 성이었고 쁘리티비 나라연 샤 왕이 자기 둘째 왕비랑 실제로 생활했던 층, 손님을 맞이하거나 행사하는 층, 궁인들이 지키는 층 등으로 건축되어 있다. 이 궁은 2011년부터 박물관으로 만들어졌다. 쁘리티비 나라연 샤 왕이 라릿푸르(Lalitpur)의 장인들을 데리고 이 궁을 만들었다고 한다.

쁘리티비 나라연 샤 왕이 현대 네팔을 통일하기 전에 작은 나라 고르카의 왕이었다. 첫 통일 목표는 경제적, 문화적, 예술적으로 부유한 카트만두 분지(Kathmandu Valley)였다. 카트만두의 말라(Malla) 왕국들을 정복하기 위해 카트만두 분지를 둘러싼 지역을 정복하기가 아주 중요했다. 그래서 쁘리티비 나라연 샤 왕이 첫 번째로 통일한 지역은 누와콧이다. 그 이후 자기 수도를 고르카에서 누와콧으로 옮겼다. 쁘리티비 나라연 샤 왕이 누와콧을 이기기 전에 말라 왕들이 이 지역을 통제했다.

누와콧은 서쪽에서 카트만두로 들어가는 아주 중요한 통로였다. 게다가 인도와 네팔, 티베트를 연결하는 중요한 통상로였다. 결국 카트만두 분지 인근 지역을 다 이기고 마지막에 카트만두에 있는 말라(Malla) 왕국들을 다 정복하였다.

NP no.668 & Sc#609

▶ Technical Details ·······································

Description : Changu Narayan, Bhaktapur
Date of Issue : July 6, 1997
Value : Rs. 20
Color : 4 colours
Overall Size : 28 X 41.1mm
Perforation : 14 X 14
Sheet : 50 stamps
Quantity : 1 million
Designer : M. N. Rana
Printed by : Government printing office, Vienna, Austria

1997 창구 나라얀(Changu Narayan)

 세계문화유산 목록에 포함된 이 절의 설립 공적은 왕 하리두타 바르마(Haridutta Varma, Gopal Raj Vansavali에 따라)에게 돌아갔다. 샤카 삼바트(Shaka Samvat) 386년(464년)에 리치하비(Lichchhavi) 왕조의 만데바(Mandeva) 왕에 의해 세워진 사원 내에 있는 승리의 기둥에는 만데바의 조상들에 대한 내용과 승리에 대한 설명을 기술하는 글이 적혀 있다. 이 사원은 1702년에 큰 화재가 발생한 이후에 복구되었다고 밝혀져 있다. 창구 나라얀(Changu Narayan) 지역은 돌라 시하라(Dola Sikhara), 가루드나라얀(Garudnarayan), 샴파카라냐(Champakaranya), 돌라파벳(Dolaparbat) 등과 같이 다양한 이름으로 불린다.

 창구 나라얀은 바이스나바(Vaisnava)에 대한 중요한 숭례 장소인 카트만두 계곡의 역사적, 종교적 고대 장소 중 하나이다.

NP no.666 & Sc#607

▶ Technical Details ·······································

Description : Upper Mustang
Date of Issue : July 6, 1997
Value : Rs. 10
Color : 4 colours
Overall Size : 28 X 41.1mm
Perforation : 14 X 14
Sheet : 50 stamps
Quantity : 1 million
Designer : M. N. Rana
Printed by : Government printing office, Vienna, Austria

1997 어퍼 무스탕(Upper Mustang)

안나푸르나 보존지역(Annapurna Conservation Area)에 어퍼 무스탕(Upper Mustang)이 있다. 여기 기후가 반건조이고 바람이 많이 불며 약간 사막 같은 지리를 가지고 있다. 종교적으로 볼 때 여기 사는 사람들은 티베트 불교를 믿는다. 티베트 사람들과 문화가 비슷하다. 이 지역의 유명한 축제는 티지(Tiji, 3일/주로 5월 중순) 축제이다.

여기는 1380년부터 서티베트에서 온 아마드팔(Amadpal, Ame Pal)이라고도 함)이 왕국을 세우고, '로 만탕(Lo Manthang)' 지역에 수도를 설립했다. 네팔의 마지막 샤 왕족이(Shah Dynasty) 통치했을 때도 샤 왕이 이 지역의 왕을 따로 인정해 줬다. 하지만 2008년에 네팔이 공화국이 된 후에 더 이상 그렇지 않았다.

티베트와 중국 간의 문제 때문에 1991년까지는 네팔 정부가 어퍼 무스탕 지역을 제한구역으로 정했다. 그래서 외부 사람이 접촉하지 못했다. 현재도 어퍼 무스탕 지역을 가려면 외국인들이 특별한 허가를 받아야 되고 첫 10일은 $500를 내야 되고 그 이후 하루당 $50를 내야 된다.

최근 무스탕의 칼리 간다키 협곡(Kali Gandaki Gorge) 절벽에 있는 동굴들이 발견됐다. 거의 10,000개의 동굴들이 발견됐지만 이 동굴은 누가 왜 만들었는지 수수께끼처럼 남아 있다. 이 동굴에서 벽화, 미라 등을 발견했다. 고고학적 연구를 위해 아주 의미 있는 동굴로 인정되고 있다.

NP no.685 & Sc#626

▶ Technical Details ·······································

Description : Maitidevi Temple, Kathmandu
Date of Issue : May 8, 1998
Value : Rs. 10
Color : Multicolour
Overall Size : 28 X 35.96mm
Perforation : 14 X 14
Sheet : 50 stamps
Quantity : 1 million
Designer : K. K. Karmacharya
Printed by : Helio Courvoisier S.A., Switzerland

1998 마이티데비 사원(Maitidevi Temple, Kathmandu)

마이티데비(Maitidevi) 사원은 카트만두(Kathmandu)의 마이티데비 동네에 있다. 이 사원에 따라서 동네 이름을 동일하게 지었다.

'마이티'의 뜻은 친정집이다 그리고 '데비'는 여신이라는 뜻이다. 여기는 모두 여신들의 친정집이라고도 한다. 특히 머너까머너(Manakamana, 소원이 이루어지는 사원) 사원을 가기 전과 간 후에 자기 소원을 구체화하기 위해 신자들이 마이티데비 사원에 와서 물을 바친다.

현재 보이는 사원 구조는 라나 총리인 쩐드러 섬세르(Chandra Shamsher)가 20세기 초반에 만들었지만 그 전에 7세기에 리처비 왕족(Lichhavi Dynasty)의 왕 엄수 버르마(Amshu Verma)가 만들었다. 이 사원 옆에 아직도 화장터가 있다. 도시 가운데에서 화장을 하니 동네 사람들의 반대도 있었다.

전설에 의하면 공작이 나타났다. 동네 사람들이 이 공작을 막대기로 쫓아내려고 했고 공작이 날아갔다. 하지만 그 공작이 닿은 곳은 다 금으로 변했다. 이 공작은 일반 공작이 아니고 신성하다고 느꼈고 거기서 사원을 만들었다.

कालिका भगवती मन्दिर, बागलुङ (KALIKA BHAGAWATI TEMPLE, BAGLUNG) २००९/1999

NP no.706 & Sc#647

▶ Technical Details

Description : Kalika Bhagawati Temple, Baglung
Date of Issue : June 7, 1999
Value : Rs. 2.00
Color : Multicolour
Overall Size : 26.5 X 40mm
Perforation :
Sheet : 50 stamps
Quantity : 1 million
Designer : K. K. Karmacharya
Printed by : Government Printing Office, Vienna, Austria

1999 칼리카 바그와티(Kalika Bhagwati Temple, Baglung)

　카트만두의 서쪽에 위치한 박룽(Baglung) 지역에 있는 숲속에 칼리카 바그와티(Kalika Bhagwati) 사원이 있다. 이 사원은 박룽 칼리카(Baglung Kalika)라고도 불린다. 이 사원에는 두르가(Durga) 여신의 무섭고 험악한 모습인 칼리(Kali) 여신을 모시고 있다.

　이 여신이 커트까(Khadka) 씨족의 주신이라고 한다. 그리고 이 커트가 씨족이 서쪽에서 동으로 옮길 때 이 지역의 여신의 석상을 가지고 왔다고 믿는다. 그리고 이 사원의 성직자 외 다른 사람이 여신 석상을 보면 안 된다고 믿는다. 이 사원에는 다사인(Dasain), 차이트라 다사인(Chaitra Dasain) 때 신자 인원수가 제일 많다.

　이 사원 있는 칼리카(Kalika) 마을이 팔파(Palpa) 지역의 왕 무쿤다 센(Mukunda Sen)이 자기 딸에게 지참금으로 줬다고 한다.

NP no.708 & Sc#649

▶ Technical Details ·······································

Description : Bajrayogini Temple
Date of Issue : June 7, 1999
Value : Rs. 12
Color : Multicolour
Overall Size : 40 X 26.5mm
Perforation :
Sheet : 50 stamps
Quantity : 1 million
Designer : K. K. Karmacharya
Printed by : Government Printing Office, Vienna, Austria

1999 바즈라요기니 사원(Bajrayogini Temple)

바즈라요기니(Bajrayogini) 사원은 카트만두에서 약 20km 떨어진 동북쪽에 위치한 산쿠(Sankhu) 지역에 있다.

3층짜리 이 사원에 바즈라요기니 여신을 모시고 있다. 전설에 의하면 사트야 요가(Satya yug/Satya yuga, 힌두교에서 세계를 4기로 나눈 가운데서 첫째 시대) 또는 사람과 신들이 직접 소통할 수 있는 황금 시대에 네팔에 보석의 광산이 있었다. 이 산은 꽃과 과일, 야생동물이 덮여 있었다. 그 광산 가운데에 보석이 있었다.

어느 날 그 보석에서 밝은 빛의 모습으로 바즈라요기니가 나타났다. 그때 사람의 수명이 80,000년이었다. 수명이 60,000년 될 때까지 이 빛이 우그라 타라(Ugra Tara)로 유명했다. 그리고 그때 이 빛이 소년의 모습으로 변했다. 머리를 3개 가지고 손 두 개에 칼하고 파란 연꽃을 잡고 있었다. 빨강, 파랑 그리고 하얀 머리 가진 이 여신이 웃는 모습이었다. 이 여신은 인간, 신과 악마들에게도 동정심(compassion)을 보여 주고 그들의 슬픔에서 벗어나게 해 줬다. 사람, 신, 악마, 생명이 있는 모든 것은 다 그녀에게 기도하기 시작했다고 한다.

이 사원은 힌두교하고 불교 둘에게 중요한 사원이다.

NP no.707 & Sc#648

▶Technical Details ⋯⋯⋯⋯⋯⋯⋯⋯⋯⋯⋯⋯⋯⋯⋯⋯

Description : Chandan Nath Temple, Jumla
Date of Issue : June 7, 1999
Value : Rs. 2.00
Color : Multicolour
Overall Size : 40 X 26.5mm
Perforation :
Sheet : 50 stamps
Quantity : 1 million
Designer : K. K. Karmacharya
Printed by : Government Printing Office, Vienna, Austria

1999 찬단나트 사원(Chandan Nath Temple, Jumla)

찬단나트(Chandan Nath) 사원은 네팔의 서쪽에 있는 줌라(Jumla) 지역에 있다. 사람들은 이 사원을 만들 때 찬단나트라는 성자가 있었다고 믿는다. 원래 인도의 카슈미르(Kashmir) 지역의 이 성자는 카슈미르에서 나라연 신(Narayan, 비스누 신의 다른 이름)의 석상을 가지고 여기서 사원을 설립했다고 한다. 찬단나트 신자가 이 사원 설립뿐만 아니라 카슈미르에서 벼를 가지고 오고 이 지역 사람들에게 벼농사를 가르쳤다고 한다. 카슈미르하고 줌라가 지리학적으로 비슷하고 벼농사가 성공했다. 그 전에 쌀농사를 한 번도 안 한 줌라 주민들이 아직까지 쌀을 수확한 후에 이 사원에 제일 처음에 바친다. 고산 지역인 줌라에서 수확된 이 빨간 쌀은(red rice) 네팔에서 유명하다.

이 사원에는 2개의 나무 기둥이 세워져 있고 매년 다사인(Dasain) 축제 때 바꾼다. 길이는 규칙적으로 52ft이다.

NP no.705 & Sc#646

▶ Technical Details ·······································

Description : Silver Jubilee of Nepal Eye Hospital
Date of Issue : April 8, 1999
Value : Rs. 2.00
Color : Multicolour
Overall Size : 30 X 40mm
Perforation :
Sheet : 50 stamps
Quantity : 1 million
Designer : M. N. Rana
Printed by : Government Printing Office, Vienna, Austria

1999 네팔안과전문병원(Silver Jubilee of Nepal Eye Hospital)

　네팔안과전문병원(Nepal Eye Hospital)은 1973년에 설립했다. 그 전에는 정부가 운영하고 있는 비르 병원(Bir Hospital)에서만 안과 서비스를 적용하고 있었다. 안과 관련 전문병원의 필요성을 느껴 이 병원을 시작했다. 이 병원은 국립병원은 아니지만 아직도 네팔 보건부(Ministry of Health and Population)에서 경제적 지원을 하고 있다.

NP no.730 & Sc#671

▶ Technical Details ·····························

Description : Dakshinkali Temple
Date of Issue : June 30, 2000
Value : Rs. 15
Color : Multicolour
Overall Size : 38.5 X 29.6mm
Perforation :
Sheet : 50 stamps
Quantity : 1 million
Designer : K. K. Karmacharya
Printed by : Government Printing Office, Vienna, Austria

2000 닥신칼리 사원(Dakshinkali Temple)

닥신칼리(Dakshinkali) 사원은 카트만두에서 서남쪽으로 22km 떨어진 퍼르핑(Pharping) 지역에 있다.

닥신은 남쪽이라는 뜻이고 칼리(Kali, 두르가 여신의 화신)는 여신의 이름이다. 그래서 남쪽에 있는 칼리 사원이라고 할 수도 있다. 이 사원은 무서운 모습을 가지고 있는 힘이 센 칼리 여신을 모시고 있다. 주로 칼리 여신 사원에 희생 동물들을 바친다.

전설에 의하면 말라 왕에 꿈에 칼리 여신이 나타나 현재 사원이 있는 곳에 사원을 세우라고 했다. 이 꿈을 꾼 왕이 이 지역에 사원을 세우려고 할 때 현지인이 이미 그곳에 돌로 된 칼리 여신 석상이 있다고 왕에게 알려 줬다. 그 후에 그 석상이 있는 곳에 사원은 세우지 않았고 기둥을 세워 지붕만 만들었다고 한다.

NP no.726 & Sc#668

▶Technical Details ·······································

Description : 50th Anniversary of Radio Nepal
Date of Issue : April 2, 2000
Value : Rs. 2.00
Color : Four colours
Overall Size : 30 X 39mm
Perforation :
Sheet : 50 stamps
Quantity : 1 million
Designer : M. N. Rana
Printed by : Government Printing Office, Vienna, Austria

2000 라디오 네팔(Radio Nepal)

라디오 네팔(Radio Nepal)은 1951년 4월 2일에 설립되었다. 네팔 정부가 운영하는 이 라디오 방송은 처음에 4시간 30분만 방송을 했다. 싱허 더르바르(Singh Durbar) 안에 있는 이 라디오 방송은 현재 매일 18시간씩 진행하고 있고 그중에 4시간은 지방에서 운영한다. 그리고 FM 카트만두라는 최초의 FM 채널도 1995년 11월 16일부터 라디오 네팔이 운영했다.

라디오 네팔은 아시아-태평양방송연맹(Asia Pacific Broadcasting Union)의 회원이다. 50년대 그리고 그 이후 몇 십 년 동안 라디오 네팔이 아주 중요하고 효율적인 대중매체였다.

외국에서 살고 있는 네팔 청취자들에게 국가의 활동을 알리기 위한 시도로, 라디오 네팔은 인터넷 분야로도 들어갔다. 네팔의 저녁 뉴스 속보, 영어, 시사 프로그램, 네팔 노래 등을 인터넷에서 들을 수 있게 되었다.

NP no.732, 733, 734 & Sc#673, 674, 675

▶ Technical Details

Description : Ranipokhari
Date of Issue : July 7, 2000
Value : 50 paisa/Re. 1.00/Rs. 2.00
Color : Orange and Black/Blue and Black/Brown and Black
Overall Size : 22.78 X 31.64mm
Perforation :
Sheet :
Quantity :
Designer :
Printed by : Helio Courvoisier S. A. Switzerland

2000 라니 포카리(Ranipokhari)

라니 포카리(Ranipokhari)는 카트만두의 중심 자말(Jamal)하고 라트나 파크 (Ratna Park) 사이에 있다. 라니는 왕비 그리고 포카리는 연못이라는 의미다.

인공 호수인 라니 포카리는 왕 프라탑 말라(Pratap Malla)가 1727년에 만들었다. 1726년에 자기 아들이 죽은 후 왕비가 슬픔에 너무 빠졌다. 그것을 보고 왕비의 슬픔을 위로해 주기 위해 이 호수가 만들어졌다고 한다. 180m 길이와 140m의 넓이를 가지고 있는 이 연못을 최초의 누후구 뿌쿠(Nhugu Pukhu, 카트만두 현지인 네와르족 언어로 새로운 연못이라는 뜻)라고 불렀다. 하지만 1760년대에 왕비 부원 락치미 말라(Bhuwan Laxmi Malla)가 이 연못을 개조한 후부터 '라니 포카리'라고 불렀다고 한다. 그때 연못 가운데에 자기 주신 '마하데브'(Mahadev, 시바 신의 다른 이름) 사원을 만들었다. 그리고 연못 남쪽에 왕 프라타프 말라와 그의 가족이 하얀 코끼리 위에 앉아 있는 석상을 볼 수 있다. 인도하고 네팔의 케다르나트(Kedarnath), 박리나트(Badrinath), 묵티나트(Muktinath), 고사인쿤다(Gosainkunda), 기타 여러 힌두교 성지의 물을 가지고 와서 이 연못에 넣었다고 한다.

여기 있는 사원은 1년에 한 번 바이티카(Bhai Tika) 축제의 날에만 열린다. 형제와 자매의 축제인 이날은 특히 형제 없는 자매들이 이 사원에 가서 기도를 올린다.

NP no.763 & Sc#706

▶ Technical Details ·······································

Technical Details
Description : Hiranyavarna Mahavihar(Golden Temple)
Date of Issue : December 29, 2001
Value : Rs. 5.00
Color : Multicolour
Overall Size : 38.5 X 29.6mm
Perforation :
Sheet :
Quantity :
Designer :
Printed by : Austrian Government Printing Office, Vienna

2001 히라냐바라마 마하비하르(Hiranyavarna Mahavihar, Golden Temple)

히라냐바라마 마하비하르(Hiranyavarna Mahavihar)는 황금(Golden) 사원이라고도 유명하다. 카트만두의 파탄(Patan) 지역에 위치한 이 사원은 불교 수도원이다. 아직도 이 수도원에는 네와르(Newar)족에 속한 바즈라차르야(Bajracharya/Vajracharya)와 샤키야(Shakya)들이 회원이다. 여기는 대승불교와 밀교의 아주 중심적인 종교적, 문화적 공간이었다.

건축 연대는 미상이나 1~2세기 경에 지어졌다는 구전이 있다. 그러나 건축양식 등으로 봐서 말라 왕조 때의 것이 아닐까 추정한다. 티베트를 드나들며 거금을 번 네팔 무역상이 기증한 돈으로 지은 사원이다.

금박을 입힌 이 사원은 12세기에 왕 바스꺼르 버르마(Bhaskar Verma)가 세웠지만 현재 모습은 1409년에 만들어졌다고 한다. 3층짜리 이 사원에는 석가모니 부처(Shakyamuni Buddha)를 모시고 있다. 그리고 여기 성직자는 12세 이하의 남자아이가 있고 30일마다 바꾼다.

NP no.778 & Sc#722

▶ Technical Details

Description : Galeshwor Mahadevsthan, Myagdi
Date of Issue : October 9, 2002
Value : Rs. 5.00
Color : Multicolour
Overall Size : 30 X 40mm
Perforation :
Sheet : 50 stamps
Quantity : 1 million
Designer : K. K. Karmacharya
Printed by : Austrian Government Printing Office, Vienna

2002 갈레스워 마하데브스탄(Galeshwor Mahadevsthan, Myagdi)

갈레스워 마하데브스탄(Galeshwor/Galeshwor Mahadevsthan) 또는 걸레쉬르 사원은 시바 신을 모시고 있는 사원이다. 카트만두에서 서쪽 지역에 위치한 마야그디(Myagdi) 지역의 베니(Beni) 시에서 약 3km 떨어져 있다.

이 사원은 한 거대한 암석 위에 만들어졌다고 한다. 옛날에 사람들 특히 힌두교 사두들(Sadhu, 세상의 모두 욕심, 가족을 버리고 사는 성자들)이 묵티나트(Muktinath) 사원을 갈 때 이 지역 거쳐서 갔다. 그러던 어느 날 어떤 사두가 이 사원이 있는 곳에 사티 데비(Sati Devi, 시바 신의 동반자)의 목을 발견했다고 한다. 그리고 그때부터 여기서 기도하기를 시작했다고 한다.

NP no.777 & Sc#720

▶ Technical Details ······································

Description : Pathibhara Devisthan, Taplejung
Date of Issue : October 9, 2002
Value : Rs. 5.00
Color : Multicolour
Overall Size : 30 X 40mm
Perforation :
Sheet : 50 stamps
Quantity : 1 million
Designer : K. K. Karmacharya
Printed by : Austrian Government Printing Office, Vienna

2002 파시바라 데비스탄(Pathibhara Devisthan, Taplejung)

파시바라 데비스탄(Pathivara Devisthan)은 파시바라 사원으로 불린다. 이 사원은 네팔의 동쪽에 있는 태플중(Taplejung) 지역 해발 3,794m에 있다. 이 사원이 있는 산도 빠티바라 산이라고 한다.

전설에 의하면 옛날에 어떤 양치기가 자기 수백 마리의 양들을 잃었다. 여기저기 많이 찾아도 발견되지 않았다. 지금 사원이 있는 근처에서 잤는데 꿈에서 여신이 나타나고 양을 바치라고 명령했다. 꿈 대로 양을 바치자 잃은 양들이 나타났다. 그때부터 여기서 기도하기 시작했다고 한다.

사람들이 여기 있는 여신이 힘이 아주 세다고 믿고 깨끗한 마음으로 여신에게 기도하면 소원을 잘 들어준다고 믿는다. 여기에 동물을 바치기도 한다. 그리고 힌두교 신자들만 아니라 불교 신자들도 여기서 기도를 올린다. 네팔 동쪽 지역의 림부(Limbu)족들은 이 여신을 묵쿰룽(Mukkumlung)이라고 한다.

지금 이 사원에는 여신의 석상이 있지만 이건 최근에 만들어진 것이라 원래 돌에 기도한다. 그리고 날씨가 좋은 날 세계의 세 번째로 높은 산 칸첸중가(Kanchenjunga)하고 히말라야산맥을 볼 수 있다.

NP no.779 & Sc#721

▶ Technical Details ··································

Description : Ramgram, Nawalparasi
Date of Issue : October 9, 2002
Value : Rs. 5.00
Color : Multicolour
Overall Size : 30 X 40mm
Perforation :
Sheet : 50 stamps
Quantity : 1 million
Designer : K. K. Karmacharya
Printed by : Austrian Government Printing Office, Vienna

2002 람그람(Ramgram, Nawalparasi)

　부처님의 탄생지 현대 네팔의 룸비니(Lumbini)에서 37km 떨어진 곳에 람그람(Ramgram)이라는 시가 있다. 네팔 서남쪽에 위치한 이 시에 사리탑이 있다. 부처님이 인도의 쿠시나가르(Kushinagar)에서 반열반에 파리니르바나(parinirvana)에 들어간 후에 여러 나라의 왕 8명이 부처님 사리를 요구했다. 처음에 꾸식나가라의 말라(Malla) 왕이 부인했지만 마지막에 사리를 나누어 줬다. 그 8명 왕 중에 람그람의 골리야(Koliya) 왕도 이빨사리를 받았다. 그 이빨사리를 가지고 탑을 세웠다.

　약 300년 후에 아소카 대왕이 사리가 있는 모든 탑을 붕괴하고 저기 있는 사리를 다시 나누어서 자기 마우라 제국에(Maurya Empire) 84,000개의 사리탑을 만들 예정이었다. 아소카 대왕이 7개 탑을 그렇게 했지만 람그람에 방문했을 때 탑을 용왕이 지키고 있었고 코끼리들이 꽃과 물을 바치는 모습을 봤다. 아소카 왕은 람그람 사리탑을 그대로 놔뒀다. 그래서 람그람은 아직도 옛 모습 그대로 있다.

　람그람은 처음으로 1899년에 닥터 W. 호이(Dr. W. Hoey)가 발견했다.

NP no.824 & Sc#752

▶ Technical Details ··

Description : Gadhimai, Bara
Date of Issue : November 30, 2004
Value : Rs. 10
Color : four colours
Overall Size : 40 X 26.5mm
Perforation :
Sheet : 25 stamps
Quantity : 1/2 million
Designer : K. K. Karmacharya
Printed by : Austrian Government Printing Office, Vienna

2004 가디마이(Gadhimai, Bara)

　가디마이(Gadhimai) 사원은 네팔 남쪽에 있고 카트만두에서 150km 떨어진 바라(Bara) 지역에 있는 바리야르푸르(Bariyarpur)에 있다. 이 사원은 가디마이 여신을 모시고 있다. 여기는 5년에 한 번 큰 축제가 열리는데 축제가 열리는 11월에 수천만 마리의 동물들을 신께 바친다. 이것은 세계에서 동물을 바치는 축제 중 제일 크다. 인도하고 네팔에서 온 신자들이 자기 소원이 이루어지면 동물을 가지고 신께 바친다. 3일 동안 진행되는 이 축제는 주로 물소를 재물로 제일 많이 바친다.

　전설에 의하면 바관 차드하리(Bhagwan Chaudhary)라는 사람의 집에 도둑이 왔는데 잡고 말았다. 그 도둑들이 시골 사람의 구타를 당하고 목숨을 잃었다. 시골 사람이 잡힐까 봐 버거완 쩌우더리가 스스로가 죽였다고 항복했고 수감됐다.

　밤마다 마카완푸르 가디(Makwanpur/Makawanpur Gadhi)의 여신이 꿈에 나타나고 자기를 버리야르뿌르에 데리고 가라고 했다. 여신의 힘으로 감옥에서 풀렸고 시골에 귀가했다. 하지만 여신이 매년 사람 5명을 자기한테 바치라고 했다. 자기는 사람을 바칠 수 없어 자기 목숨을 바치겠다고 하고 대신에 판차 발리(Pancha Bali, 다섯 가지 동물 바치는 것)를 했다. 그렇게 하자 마을 사람들이 병에 걸렸다. 여신이 동물이랑 사람을 바치라고 하자 옆 마을에서 어떤 사람이 와서 자기 몸에서 5방울 피를 바쳤다. 그 후에 마을 사람들이 나아졌다. 그 후에 동물을 바치기 시작했다고 한다.

NP no.830 & Sc#755

▶ Technical Details ·····································

Description : Nepal Rastra Bank Building
Date of Issue : April 27, 2005
Value : Rs. 2.00
Color : Multicolour
Overall Size : 30 X 40mm
Perforation :
Sheet : 50 stamps
Quantity : 1 million
Designer : M. N.Rana
Printed by : Austrian Government Printing Office, Vienna, Austria

2005 네팔 라스트라 은행(Nepal Rastra Bank)

  네팔 라스트라(Rastra) 은행은 네팔의 중앙은행이고 1956년 4월 26일에 설립되었다. 이 은행은 네팔의 다른 은행들과 은행의 허가를 받은 금융기관들을 관리, 감독하는 것을 주업무로 삼는다. 이 은행에서는 또한 외국 환율을 알아보고 외교정책을 규율한다. 이 은행의 또 다른 주요 업무는 통화 안정 유지와 네팔 통화 발행 및 통제이다. 이 은행은 '네팔 주식 교환'의 소유자 중 하나이다.

  이 기념우표는 네팔 라스트라 은행의 50주년을 기리고 네팔 금융과 경제에 있어 이 은행의 공헌을 기리기 위해 발행되었다. 이 우표는 네팔 중앙은행의 건물을 묘사하고 있으며 50주년 기념 로고가 함께 그려져 있다.

NP no.826 & Sc#754a

▶ Technical Details ·····································

Description : Jaya Varma(National Museum)
Date of Issue : December 27, 2004
Value : Rs. 10
Color : Multicolour
Overall Size : 31.13 X 38.5mm
Perforation : 13.7 X 13.5
Sheet : 16 stamps
Quantity : 1/4 million
Designer : K. K. Karmacharya
Printed by : Austrian Government Printing Office, Vienna

2004 자야 바르마(Jaya Varma, National Museum)

　자야 바르마(Jaya Varma/Jay Verma) 석상은 1992년에 카트만두에서 일반 집을 지을 때 땅속에서 발견됐다. 현재 이 석상은 스와얌부나트(Swayambhunath)에서 남쪽에 위치한 국립박물관(National Museum)에 보관하고 있다. 석상 받침대에 적혀 있는 글에 의하면 185년쯤에 만들어졌다고 한다. 이 석상은 왕 저여 버르마 것인지 아닌지는 아직 논쟁 중이다. 왜냐하면 리차비 왕족은 약 300년에서 600년까지 통치했기 때문이다. 이 석상은 쿠샨 양식(Kushan style)으로 만들어졌다.

NP no.827 & Sc#754b

▶ Technical Details ·····································

Description : Uma Maheshwar(Pashupati)
Date of Issue : December 27, 2004
Value : Rs. 10
Color : Multicolour
Overall Size : 31.13 X 38.5mm
Perforation : 13.7 X 13.5
Sheet : 16 stamps
Quantity : 1/4 million
Designer : K. K. Karmacharya
Printed by : Austrian Government Printing Office, Vienna

리차비 시대(Licchavi period)

　리차비(Licchavi)는 약 400~750CE에 네팔의 오늘날 카트만두 계곡에 위치했던 인도 대륙에 있는 고대 왕국이다. 리차비 집단은 오늘날의 인도 비하르(Bihar) 북부에 있는 바이샬리(Vaishali)와 무자파푸르(Muzaffarpur) 출신이며 카트만두 계곡을 정복했다. 리차비 비문에 사용된 언어는 바지카(Vajjika)어이며, 이에 사용된 특정 글은 공식 굽타(Gupta) 비문과 밀접하게 연관되어 있다. 이를 통해 다른 주요 고대 왕국들로부터 문화적으로 많은 영향을 받았음을 알 수 있다.

NP no.828 & Sc#754c

▶ Technical Details ·······································

Description : Vishwarupa(Bhaktapur)
Date of Issue : December 27, 2004
Value : Rs. 10
Color : Multicolour
Overall Size : 31.13 X 38.5mm
Perforation : 13.7 X 13.5
Sheet : 16 stamps
Quantity : 1/4 million
Designer : K. K. Karmacharya
Printed by : Austrian Government Printing Office, Vienna

2004 비슈와루파^{(Vishwarupa(Bhaktapur))}

약 8세기에 만들어진 비슈와루파^(Vishwarupa/Vishvarupa/Bishwarupa/Vishwaroop) 석상은 카트만두 시에서 동쪽에 위치한 박타푸르 시에 있다. 언덕 위에 있는 네팔의 최초의 사원 창구 나라얀^(Chagu Narayan) 사원의 남쪽에 이 돌로 만든 석상이 있다.

비스누 신^(Bishnu/Vishnu)의 화신으로 비쉬루빠 석상이 머리 9개, 손 10개 그리고 다리 2개를 가지고 있다. 비쉬는 세계라는 뜻이고 루쁘는 모습 또는 형태라는 뜻이다. 크리슈나^(Krishna, 비스누 신의 여덟째 화신) 신이 마하바라타^(Mahabharat/Mahabharata, 힌두교 대서사시)에서 비쉬루빠 모양에 아르준^(Arjun, 마하바라타에 나타나는 중요한 인물)에게 갈마^(Karma, 晢磨), 박티^(Bhakti, 신애), 간^(Gyan, 지혜)에 대해 설명했다.

그리고 비쉬루빠 밑에 7개의 머리를 가진 세쓰낙^(Sheshnag, 힌두교에서 뱀의 왕으로 믿음)에 비스누 신이 누워 있다. 이 세계를 엄마로 여기는 힌두교의 대지^(大地)는 여인의 모양으로 되어 있다. 비쉬루빠를 자기 어깨에 양손으로 받치고 있는 모습을 볼 수 있다.

이 석상에 다른 인물과 코끼리, 사람, 뱀, 태양, 달 같은 여러 것을 볼 수 있다. 결론적으로 볼 때 이 석상에 이승과 저승, 지옥과 천국, 사활^(死活)이 잘 묘사되어 있다.

NP no.829 & Sc#754d

▶ Technical Details ·······································

Description : Bansha Gopal(Makawanpurgadhi)
Date of Issue : December 27, 2004
Value : Rs. 10
Color : Multicolour
Overall Size : 31.13 X 38.5mm
Perforation : 13.7 X 13.5
Sheet : 16 stamps
Quantity : 1/4 million
Designer : K. K. Karmacharya
Printed by : Austrian Government Printing Office, Vienna

2004 반샤 고팔(Bansha Gopal, Makawanpurgadhi)

카트만두에서 약 99km 떨어져 있는 막완푸르(Makwanpur) 지역에 역사적으로 중요한 요새(Fort)가 있는데 이것은 막완푸르가디(Makwanpurgadhi/Makawanpurgadhi)이다.

이 막완푸르가디 지역에 4ft 길이와 넓이의 크리스나 사원이 있다. 이 사원에 크리스나 신의 동상이 있는데 이 동상은 쇠줄로 묶어져 있다. 현지인에 의하면 크리슈나(Krishna) 신 시대 때 여기서 크리슈나 신이 동네 사람의 버터와 요구르트를 훔쳐먹었다. 어느 날 그 사실을 발견해서 크리슈나 신을 묶어 놨다고 한다.

NP no.834, 835, 836, 837 & Sc#759a, 759b, 759c, 759d

▶ Technical Details ·····································

Description : Birth of Buddha(Lumbini),
　　　　　　　Enlightenment of Buddha(Bodhgaya),
　　　　　　　First Sermon by Buddha(Sarnath),
　　　　　　　Mahaparinirvana of Buddha(Kushinagar)
Date of Issue : July 21, 2005
Value : Rs. 10
Color : Multicolour
Overall Size : 30 X 40mm
Perforation :
Sheet :
Quantity :
Designer :
Printed by : Austrian Government Printing Office, Vienna, Austria

2005 life of Buddha

부처님이 네팔의 룸비니 동산에서 태어나신 모습이다. 태어나시면서 일갈했다는 '천상천하유아독존(天上天下唯我獨尊)' 이란 말은 생명의 존귀함을 말한 것이다. 네팔의 룸비니는 부처님이 탄생한 곳이다. 지금으로부터 2559년 전이다. 부처님은 세수 30세에 출가, 인도의 보다가야 보리수 아래서 깨우침을 얻어 부처님이 되었다. 6년간의 고행 끝에 얻은 깨달음이다.

부처님은 이 깨달음의 기쁨을 가누지 못해 7일 동안 보다가야 거리를 뛰어다녔다고 전한다. 깨우침의 희열이다. 전하는 말로는 이 일곱 곳에 모두 절이 지어졌다고 한다.

부처님은 이 깨우침을 가르치기 위해 사르나트로 갔다. 초기 수도 중 함께 고행했던 다섯 비구를 찾아가 첫 설법을 했다. 이곳이 인도의 시르나트이다. 이 다섯 분이 부처님의 최초의 제자가 되었다. 쿠시나가르에서 부처님은 세수 80을 일기로 열반에 들었다.

네팔의 부처님 탄생지 룸비니와 인도의 부처님이 깨우침에 든 보다가야, 첫 번째로 부처님이 설법을 한 인도의 사르나트, 그리고 일생을 마치신 인도의 쿠시나가르를 일컬어 불교의 4성지라고 말한다.

D.Ram.PalPali/Watercolor/"Kumari House, Kathmandu"

D.Ram.PalPali/Watercolor/"Bhaktapur Golden Gate"

NP no.851 & Sc#764b

▶ Technical Details ·····································

Description : Buddha Subba(Sunsari)
Date of Issue : October 9, 2005
Value : Rs. 5.00
Color : Multicolour
Overall Size : 40 X 30mm
Perforation :
Sheet : 16 stamps
Quantity : 0.25 million
Designer : K. K. Karmacharya
Printed by : Austrian Government Printing Office, Vienna, Austria

2005 부다 숩바^{(Buddha Subba(Sunsari))}

네팔의 동쪽에 위치한 순서리^(Sunsari) 지역의 더란^(Dharan)이라는 시에 있는 비자이푸르^(Bijaypur/Vijaypur) 언덕 위에 부다 숩바^(Budha Subba) 사원이 있다.

이 사원에 대해서 제일 유명한 전설은 옛날 옛날에 이 지역에 오빠인 부다 숩바하고 여동생인 숩베니^(Subbeni)가 있었다. 현재 사원이 근처에 있는 대나무 위에 까마귀를 발견하자 부다 숩바가 새총을 쐈다. 이것으로 인해 까마귀가 날아갔다. 뿐만 아니라 대나무 끝도 잘려졌다. 그 이후 이 지역 대나무는 끝이 없는 대나무만 자랐고 까마귀도 오지 않았다. 현재까지 마찬가지다. 이것을 보고 두 남매가 후회하고 여기서 명상을 했다. 그래서 이 지역에 사원이 만들어졌다고 한다.

주로 키라타^(Kirata) 공동체가 부다 숩바를 그들의 신으로 섬긴다. 신도들은 부다 숩바 사원 안에 있는 단순한 진흙 더미를 신으로 숭배한다. 현지 마가르^(Magar)는 이 사원의 사제 역할을 한다. 사람들은 그들의 소원이 충족된 이후에 이 사원에 돼지나 닭과 같은 동물을 바칠 것을 약속한다. 사람들은 그들이 부다 숩바에 동물을 제물로 바칠 것을 약속하면 고통과 어려움이 끝이 날 것이라고 믿었다.

NP no.852 & Sc#765

▶ Technical Details ·····································

Description : White Pagoda, Beijing, China
Date of Issue : December 26, 2005
Value : Rs. 30
Color : Multicolour
Overall Size : 40 X 30mm
Perforation :
Sheet : 50 stamps
Quantity : 1 million
Designer : M. N. Rana
Printed by : Austrian Government Printing Office, Vienna, Austria

2005 백탑(White Pagoda, Beijing, China)

북경에 있는 마오잉(Miaoying, 妙应寺) 사원의 묘응사 백탑(妙應寺白塔, White Pagoda)
이 눈에 띈다. 역사가 오래된 이 탑은 원나라 시대 때 쿠블라이 황제(Kublai
Khan)의 명령으로 만들어졌다고 한다.

50.9m 높이의 이 탑은 현지에서는 백 다고바^(White Dagoba)로 알려져 있다. 카트만두의 파탄^(Patan)에서 17세의 아라니코^(Araniko, 阿尼哥)를 포함한 80명의 장인 초대단이 원나라를 갔다. 그리고 아라니코가 이끌었던 팀이 2년을 거쳐 티베트에서 골든 탑^(Golden Stupa)을 만들었다. 아라니코의 기술을 보고 인상 깊어서 쿠블라이 황제의 궁전에 방문하게 되었다. 그리고 1271년에 백탑을 만들기 시작했다. 완성할 때까지 8년이 걸렸다. 그 후에 아라니코가 중국에 여러 곳에 자기 기술을 펼쳤다. 이렇게 그는 네팔의 문화, 예술을 중국에 알리게 됐다. 어떻게 보면 그를 네팔의 문화 대사로 불러도 틀린 말은 아니다.

　네팔과 중국 관계의 역사는 현인과 성인들이 지식과 평화를 추구하러 멀리 그리고 넓게 움직였던 5세기에서부터 시작된다. 페이 힌^(Fa Hien)과 환창^(Huen Tsang)의 여행기는 이 두 고대 문명 사이의 종교와 문화가 영원히 연결된다는 것에 대한 증거이다. 7세기에 브리쿠티^(Bhrikuti)가 티베트 왕인 송상곰포^(Song Sang Gompo)를 상대로 한 결혼, 백색 파고다 사원 그리고 네팔 건축가인 아라니코의 지도 하에 건설된 베이징에 있는 다른 파고다 건물들은 이 역사적 관계의 중요한 표지판들이다. 오래된 우호 관계는 1955년 8월 1일 네팔과 중국 사이의 외교관계의 확립으로 새로운 차원을 열었다.

　그 이후 양국 관계는 평화적인 공존, 친밀한 우정 그리고 상호 이해의 원칙을 기반으로 하고 있다. 두 나라를 갈라 놓는 높고 강력한 히말라야에도 불구하고, 두 나라는 모든 지리적 어려움을 극복했고 오랜 우정의 관계와 협력을 더욱 공고히 했다. 정부 대 정부간의 교류와 국민 대 국민간의 교류의 증거가 정치, 경제, 그리고 문화 분야의 관계를 더욱 공고히 하는데 기여했다.

　외교관계 수립의 금혼식을 기념하기 위해서, 그리고 네팔과 중국 사이의 관계를 더욱 깊게 만들기 위해서 이 우표는 두 나라의 하얀 탑, 성벽, 그리고 국기를 묘사하였다.

NP no.863 & Sc#773

▶ Technical Details ·······························

Description : Supreme Court Building
Date of Issue : May 21, 2006
Value : Rs. 5.00
Color : Multicolour
Overall Size : 40 X 30mm
Perforation :
Sheet : 50 stamps
Quantity : 1 million
Designer : M. N. Rana
Printed by : Walsall Security Printers Ltd., U.K.

2006 대법원(Supreme Court Building)

네팔 최고의 법원인 네팔 대법원(Supreme Court Building)은 1956년에 설립되었으며 신가 더르바르(Singa Durbar) 대문 바로 옆에 위치하고 있다. 네팔의 헌법은 대법원을 포함한 세 단계의 사법체계에 대한 내용을 담고 있다. 대법원은 기록 법원이라고도 불리는 사법부 체계에서 가장 높은 단계의 법원이다. 일반 관할권과 특별 관할권은 모두 법정에서 상의가 이루어진다. 이는 사람들의 인권 보호에도 책임이 있고 헌법의 해석 기관으로서의 책임도 있다. 우편국에서는 대법원 설립 50주년을 기리기 위해 기념우표를 발행하였다. 이 우표에는 "모두를 위한 정의"라는 구호를 묘사하는 대법원 빌딩의 모습이 나타나 있다.

NP no.870 & Sc#776

▶ Technical Details ································

Description : Nyatapole Temple, Bhaktapur, Nepal & Horiyuji Temple,
            Nava, Japan
Date of Issue : September 1, 2006
Value : Rs. 30
Color : Multicolour & Phosphor Print
Overall Size : 30 X 40mm
Perforation :
Sheet : 50 stamps
Quantity : 1 million
Designer : M. N. Rana
Printed by : Walsall Security Printers Ltd., U.K.

2006 냐타폴라 사원(Nyatapole Temple)

1956년 9월 1일 네팔하고 일본이 공식적으로 외교관계를 수립했다. 주일 네팔대사관은 1965년 그리고 주네팔 일본대사관은 1967년에 설립됐다.

하지만 양국간의 관계 역사는 이것보다 더 오래된 것이다. 가와구치 에카이(Ekai Kawaguchi, 河口慧海) 스님이 일본 사람들 중에서 최초로 네팔 방문 기록이 있는 사람이다. 그는 1899년에 처음으로 네팔을 방문했다. 1902년에서 1905년 사이에 네팔 학생 8명이 공부하러 일본을 방문했다.

일본은 네팔을 사회 및 경제 분야에 도움을 주고 있다. 2006년에 양국가의 외교관계 50주년을 맞이했다.

NP no.869 & Sc#775

▶ Technical Details ···································

Description : Swayambhunath Stupa, Kathmandu & Sandal Buddha, Russia
Date of Issue : August 22, 2006
Value : Rs. 30
Color : Multicolour & Phosphor Print
Overall Size : 30 X 40mm
Perforation :
Sheet : 50 stamps
Quantity : 1 million
Designer : M. N. Rana
Printed by : Walsall Security Printers Ltd., U.K.

2006 Swayambhunath Stupa, Kathmandu & Sandal Buddha, Russia

네팔하고 러시아^(당시 소련)는 1956년 7월 20일에 외교관계를 수립했다. 소련은 1959년에 카트만두에서 그리고 네팔은 1961년에 모스크바에서 대사관을 설립했다. 이러한 두 국가간의 관계는 고위직들이 각국을 방문하면서 더욱 관계가 강화되었다. 러시아는 네팔의 칸티 병원^(Kanti Hospital), 자낙푸르 담배 공장^(Janakpur Cigaretter Factory), 비르군지 슈가 밀^(Birgunj Sugar Mill), 파탈라이야 달케바르 고속도로^(Pathalaiya-Dhalkebar Highway) 등의 설립을 도왔다. 이러한 러시아의 경제적 및 기술적 협조는 네팔의 현대화를 가속화하는데 상당한 기여를 했다. 또한 상당한 수의 네팔 사람들은 러시아에서 더 높은 교육을 받기도 했다. 이러한 두 국가의 외교관계 50주년을 기리기 위해 우편국에서는 50주년 기념우표를 발행하였다. 이 우표에는 러시아 브리티야^(Burytiya)에 위치한 산달^(Sandal) 석상의 모습과 네팔에 위치한 스와얌부나트^(Swayambhunath) 그리고 하라티마타^(Haratimata) 사원의 모습이 묘사되어 있다.

NP no.925 & Sc#792

▶ Technical Details ·····································

Description : Birth Place of Lord Buddha, Lumbini & Tooth Relic of the
Buddha Kandy, Sri Lanka
Date of Issue : July 1, 2007
Value : Rs. 5.00
Color : Multicolour & phosphor Print
Overall Size : 40 X 30mm
Perforation :
Sheet : 20 stamps
Quantity : 1/2 million
Designer : M. N. Rana
Printed by : Carter Security Printing, France

2007 Birth Place of Lord Buddha, Lumbini & Tooth Relic of the Buddha Kandy, Sri Lanka

네팔하고 스리랑카의 외교관계는 1957년 7월 1일에 수립했다. 네팔은 1975년에 콜롬보에서 영사관을 설립했고 1995년에 대사관을 설립했다. 반면 네팔에서 스리랑카 대사관은 1993년에 설립되었다. 그 이후 두 국가는 상호적으로, 지역적으로 그리고 세계적으로 가깝게 여러 일을 수행했다. 이 두 국가는 남아시아지역협력연합과 비동맹운동의 설립 국가였다. 그들은 또한 BIMSTC와 같은 지역 경제기관의 구성 국가이기도 했다.

네팔과 스리랑카의 가까운 관계의 원인은 종교적, 문화적으로 두 국가가 비슷하기 때문이라고 해도 과언은 아니다. 부처의 탄생지인 룸비니는 스리랑카의 불교 신자들에 의해 가장 신성한 장소들 중 한 곳으로 여겨진다. 따라서 매년 만 명이 넘는 스리랑카인들이 룸비니를 방문한다. 마찬가지로 네팔의 자낙푸르담(Janakpurdham)이나 스리랑카의 누와라 엘리야(Nuwara Elyia)와 같이 두 국가에는 사람들이 서로 방문하고자 하는 종교적, 문화적으로 중요한 유적지들이 많이 있다.

우편국에서는 두 국가의 친밀한 관계가 앞으로도 돈독하게 이어지길 바라며 50주년 기념우표를 발행하였다.

NP no.929, 930 & Sc#796, 797

▶Technical Details ·····································

Description : Reinstatement of House of Representatives Series
Date of Issue : December 28, 2007
Value : Re. 1.00
Color : Four color with Phosphor Print
Overall Size : 40 X 30mm
Perforation :
Sheet : 20 stamps
Quantity : 1/2 million
Designer : M. N. Rana
Printed by : Carter Security Printing, France

2007 하원 의회(Reinstatement of the House of Representatives)

7개의 정당들의 동맹으로 설계된 도로 지도와 2062/63년^(네팔력 시간)에 일어난 사람들의 운동을 기반으로 하원 의회가 2006년 4월 24일^(네팔 시간으로는 2063년, Jestha 4일) 왕의 선언으로 다시 설립되었다. 왕은 당시의 폭력적 투쟁을 포함한 몇몇 문제들을 총체적으로 해결하기 위해서 이 의회를 모든 주권을 가진 독립체로 위임했다. 자주권과 주권을 부여받은 하원 의회는 2006년 5월 18일에 다음과 같은 선언문을 발표했다.

제정법 : 네팔의 입법부에 관한 모든 권리가 의회에 의해 결정되고 입법 과정이 그 자체로 결정됨에 따라, 경기 침체나 불경기 동안 국회의 4분의 1이 의회 소집의 필요성을 드러내는 경우 15일 이내에 회의의 날짜와 시간을 보장한다. 이때 회의는 총리에 의해 소집되는 의회와 수상의 추천으로 의장이 중단하는 회의, 그리고 국회에 의해 하원 의회의 규정을 집행하는 회의를 포함한다.

경영진 : 네팔의 전반적인 행정권은 의회의 장관에게 투자된다. '황제의 정부' 라는 용어가 '네팔 정부' 라는 말로 대체되었으며 국회의원이 아닌 사람들도 의회의 장관으로 임명될 수 있다. 장관은 의회에 대한 집단적인, 또한 개별적인 책무를 띠는데 대표적으로 각각의 장관들이 맡는 부처, 국회에 관한 책무를 맡고 정부 하에 있는 민정, 군대, 그리고 경찰들을 포함한 모든 집행 본부들, 그리고 장관의 지지를 받는 국회에 제출하는 내각 기능 절차 규정을 그 예로 들 수 있다.

군대 : '국왕 네팔 군대' 로서의 전통적인 군대 용어는 '네팔 군대' 라는

이름으로 대체되었다. 국무총리의 의장 하에서 군의 통제, 이용, 동원 등에 관여하는 국가안전보장회의가 구성되었다. 육군참모총장은 장관에 의해 임명되었으며 현존하는 최고사령관 체계는 폐지되었다. 장관은 군대의 동원에 관한 결정을 발표하였고 국회에 의해 구성된 특별위원회로부터 적절한 시기에 승인되었다. 네팔 군대의 구성은 포괄적이고 국가적인 접근법에 기반을 둔다.

라즈 프라사드(Raj Parishad), 왕궁, 시민권, 국가, 그리고 부칙 : 국회의 결정을 행하는 데 필요한 기능인 라즈 프라사드 조항이 폐지됨에 따라, 왕위 계승자를 결정하는 모든 법안을 통과, 개정 및 폐지할 수 있는 모든 권리, 개인 소득에 부과되는 세금과 법에 따라 왕가에 제공되는 재산과 같은 왕족 가문의 경비와 특혜를 국회와 재판소에서 담당해서 조사했다. 궁궐의 관리는 공무원의 일종이었으며, 궁궐 안전 관리는 장관에 의해 결정된 협정에 따라 행해져야 했다. 가능한 한 빨리 현존하는 시민권 문제를 해결하고, 대안적인 협정에 의해 국가(노래)를 바꾸고, 네팔을 종교의 자유국가로 선언하고자 하였다.

रू.१   R. 1

Constitution of
Legislature-Parliament, 2007
व्यवस्थापिका-संसदको गठन
२०६३ माघ १

Nepal

2007

रू.१

नेपाल
Nepal

नेपालको अन्तरिम संविधान - २०६३
प्रस्तावना

नेपालको अन्तरिम संविधान
Interim Constitution of Nepal
२०६३ / 2007

R. 1

2007

NP no.934 & Sc#802e

▶ Technical Details ·······································

Description : Lord Buddha
Date of Issue : December 30, 2007
Value : Rs. 5.00
Color : Four color with Phosphor Print
Overall Size : 40 X 30mm
Perforation :
Sheet : 20 stamps
Quantity : 0.2 million
Designer : M. N. Rana
Printed by : Carter Security Printing, France

2007 부처님(Lord Buddha)

　부처의 본명은 싯타르다 고타마(Siddhartha Gautama)이며 기원전 563년에 마야데비(Maya devi) 여왕에 의해 이 세상에 태어났다. 그녀는 부처를 낳기 전에 룸비니(Lumbini)에 있는 푸스카리니(Puskarini) 연못에서 의식을 치렀다.

　이 연못은 그가 태어나고 처음으로 마야데비 여왕이 목욕을 시킨 장소이기도 하다. 기원전 528년 경 고타마는 계몽을 이뤄서 부처가 되었고 불교를 설립했다.

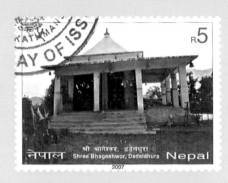

NP no.935 & Sc#802b

▶ Technical Details

Description : Shree Bageshwor Temple(Dadeldhura)
Date of Issue : December 30, 2007
Value : Rs. 5.00
Color : Four color with Phosphor Print
Overall Size : 40 X 30mm
Perforation :
Sheet : 20 stamps
Quantity : 0.2 million
Designer : M. N. Rana
Printed by : Carter Security Printing, France

2007 스리 바게쉐르 사원(Shree Bageshwor Temple)

    스리 바게쉐르(Shree Bageshwor) 사원은 네팔의 서쪽에 있는 다델두라(Dadeldhura)라는 지역에 있다. 이 사원은 시바(Shiv/Shiva) 신 사원이다. 이 사원은 해발 2,200m에 있고 800년 전에 만들어졌다고 한다. 그리고 아이들이 생기지 않은 분이 여기서 기도를 올리면 아이를 가진다는 믿음도 있다.

    이 사원에는 10월에 축제가 열린다. 이때 바게쉐르 사원뿐만 아니라 네팔 서쪽에 있는 다델두라(Dadeldhura), 버이떠디(Baitadi), 다르출라(Darchula) 그리고 도티(Doti) 지역에 있는 여러 사원에 축제(네팔 서쪽 사투리로 '잣'이라고 함)가 열린다. 이 지역들이 인도 국경이랑 가까우니까 인도 사람들도 이때 기도를 올리러 방문한다.

NP no.936 & Sc#802c

▶ Technical Details ·····································

Description : Shree Shailya Malikarjun(Darchula)
Date of Issue : December 30, 2007
Value : Rs. 5.00
Color : Four color with Phosphor Print
Overall Size : 40 X 30mm
Perforation :
Sheet : 20 stamps
Quantity : 0.2 million
Designer : M. N. Rana
Printed by : Carter Security Printing, France

2007 스리 샤일라 말리카르준(Shree Shailya Malikarjun, Darchula)

카트만두에서 약 110km 서쪽에 다르출라^(Darchula) 지역에 말리카르준^(Malikarjun)의 사원이 있다. 숲속에 있는 이 사원은 누가 언제 만들었는지 기록도 없고 전설도 없다. 이 사원은 시바^(Shiv/Shiva) 신의 다른 모습인 말리카르준을 모시고 있다.

이 사원에 1년에 두 번^(6월하고 10월쯤) 큰 축제가 열린다. 이 축제 때 여러 악기를 연주한다. 뿐만 아니라 사원 창고에 있는 물건들 그리고 신자들이 바친 물건들을 다 밖에 꺼내고 사원을 돌고 다시 사원 안에 놓는다. 그때 한 석상도 물건들이랑 같이 꺼내는데 이 석상은 말리카르준의 아내라고 한다. 이 사원을 방문하면 자기 죄를 씻을 수 있으며 소원이 이루어진다고 하기도 한다.

NP no.937 & Sc#802d

▶ Technical Details ·····························

Description : Siddhikali Temple(Bhojpur)
Date of Issue : December 30, 2007
Value : Rs. 5.00
Color : Four color with Phosphor Print
Overall Size : 40 X 30mm
Perforation :
Sheet : 20 stamps
Quantity : 0.2 million
Designer : M. N. Rana
Printed by : Carter Security Printing, France

시드히칼리 사원(Siddhikali Temple)

　시드히칼리(Siddhikali) 사원은 네팔 티미(Thimi)에 위치하고 있는 힌두교 사원이다. 2층으로 되어 있는 이 사원은 칼리(Kali), 시바(Shiva), 그리고 가네쉬(Ganesh)에게 바치는 사원이다. 이 사원은 티미(Thimi)의 서쪽에 있는 이나예코(Inayekwo)에 위치하고 있어서 네팔 바사(Bhasa) 어로는 이나예코 디요(Inayekwo Dyo)라고 불린다. 시드히칼리 사원은 또한 차문다(Chamunda)라고도 알려져 있는데, 이는 아스타마트리카(Astamatrika)의 여신 중 한 명으로 알려져 있다. 웅장하게 인상적인 시드히칼리 사원에는 정면으로 흐르는 파타(Pataa)가 여럿 있다. 뒤에는 일부 작은 사당이 있으며 주변에는 몇 개의 석탑들이 있다.

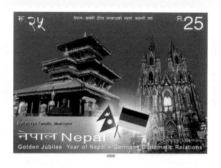

NP no.944 & Sc#803

▶Technical Details ⋯⋯⋯⋯⋯⋯⋯⋯⋯⋯⋯⋯

Description : Dattatreya Temple, Bhaktapur & Cologne Cathedral,
              Germany
Date of Issue : April 2, 2008
Value : Rs. 25
Color : Four colors with Phosphor Print
Overall Size : 40 X 30mm
Perforation :
Sheet : 20 stamps
Quantity : 1 million
Designer : M. N. Rana
Printed by : Carter Security Printing, France

2008 다타트레야 사원(Dattatreya Temple, Baktapur Cologne Cathedral, Germany)

네팔과 독일은 1958년 4월 4일 외교관계가 수립된 이후로 줄곧 훌륭한
관계를 누렸다. 독일은 가장 큰 개발 파트너 국가 중 하나였으며 네팔

의 주요 무역 파트너국 중 하나였다. 개발 협력과 거래 이외에도, 두 국가 사이의 관계는 문화관광 분야의 협력으로 상호 강화되었다. 무엇보다도 독일의 전력 및 다른 물리적 공공기반 시설 분야의 협력은 네팔의 전반적인 사회 경제적 발전에 굉장한 기여를 하였다. 네팔과 독일은 모두 서로 이익이 되는 그들의 관계에 더욱 큰 중점을 두었다.

2008년은 네팔과 독일의 외교관계가 빛나던 해였다. 그리고 네팔의 정부 우편국에서는 이 시기를 기념하기 위해 기념우표를 발행하였다. 이 기념우표는 네팔 박타푸르(Bhaktapur)에 있는 다타트레야(Dattatreya) 사원과 독일에 있는 쾰른(Cologne) 대성당을 나란히 묘사함으로써 네팔과 독일 사이의 깊은 우호 관계를 나타냈다. 박타푸르에 있는 다타트레야 사원을 선택한 것은 독일이 특히 박타푸르의 문화 유물을 복원하고 개조하는 일에 대해 협력한 것을 크게 찬양하는 것이라고 기록되어 있을 것이다.

다타트레야 사원은 야크샤 말라(Yaksha Malla) 왕이 통치하던 1427년에 지어진 절로, 그 계곡에서 가장 오래된 절에 속한다. 다타트레야는 힌두교의 가장 뛰어난 3대 신들 Brahma, Vishnu and Maheshwor(Shiva)이 결합된 생애를 의미한다. 거대한 세 가지 이야기가 결합된 이 사원은 하나의 나무 줄기로 지어졌다고 전해진다. 연속되는 재난으로부터 맞섰음에도 불구하고, 이 사원은 여전히 네팔의 역사 속 놀라운 업적에 대한 증거를 가지고 있다.

세계적인 유적지인 쾰른 대성당은 쾰른 대주교의 자리이다. 이 대성당은 고딕양식의 건축물로 기독교를 기념하는 건물이자 이 건물이 세워져 있는 도시의 사람들의 믿음과 인내의 건축물로 널리 알려져 있다. 이 대성당은 성 페어와 성모 마리아를 위해 헌정되었다. 고딕양식의 교회 건설은 1248년에 시작되었고 잠시 중단되었다가 1880년에 완성되기까지 600년이 넘게 걸렸다. 이 건물은 길이가 144.5m이고 폭이 86.5m이며 두 개의 탑은 높이가 157m이다.

NP no.945 & Sc#804

▶ Technical Details ....

Description : Nativity of Buddha, Lumbini
Date of Issue : July 18, 2008
Value : Rs. 2.00
Color : Four color with Phosphor Print
Overall Size :
Perforation :
Sheet :
Quantity :
Designer :
Printed by : Carter Security Printing, France

2008 예수의 탄생 조각(Nativity Sculpture)

예수의 탄생 조각은 부처의 탄생 일화를 담은 조각이다. 이 마야데비 (Maya Devi)의 이미지는 출산 당시에 아소카(Ashoka) 나무의 나뭇가지를 붙잡고 있는 모습을 묘사한다. 예수의 계모이자 마야데비의 여자 형제인 프라자파티(Prajapati)가 마야데비의 출산을 돕고 있는 모습도 포함되어 있다. 브라하마(우주의 창조자)와 인드라(비와 벼락의 신) 두 신은 갓 태어난 아이를 받고 있다. 그 아이는 연꽃 받침 위에 서 있는 모습으로 묘사된다.

NP no. & Sc#808

▶ Technical Details ·····································

Description : Kaiser Library
Date of Issue : November 13, 2008
Value : Rs. 5.00
Color : Four colors with Phosphor Print
Overall Size : 40 X 30mm
Perforation :
Sheet : 20 stamps
Quantity : 1 million
Designer : M. N. Rana
Printed by : Cartor Security Printing, France

카이저 도서관(Kaiser Library)

카이저 도서관(Kaiser Library)은 1908년에 역사의 중요성 하에서 교육과 사회를 발전시키기 위한 수단으로 설립되었다. 이 도서관은 학생, 교사, 연구자, 저자 그리고 일반 사람들에게 지속적으로 기여를 하고 있다는 점에서 국내, 그리고 세계적으로도 유명해졌다. 책을 좋아하는 국내외 사람들은 이 박물관을 주기적으로 방문한다.

처음에 카이저 샴샤(Kaiser Sumsher)의 개인 도서관으로 설립되었던 카이저 도서관은 네팔 정부에게 위임되면서 책을 좋아하는 현대인들과 여러 분야의 연구자들에게 가장 인기 있는 장소가 되었다.

우편국에서는 카이저 도서관 설립 100주년을 기리고 동시에 도서관의 역사적 가치를 기리기 위해 이 기념우표를 발행하였다.

NP no.951 & Sc#811a

▶ Technical Details

Description : Upper Mustang Village
Date of Issue : December 24, 2008
Value : Rs. 5.00
Color : Four color with Phosphor Print
Overall Size :
Perforation :
Sheet :
Quantity :
Designer :
Printed by : Cartor Security Printing, France

2008 어퍼 무스탕(Upper Mustang)

무스탕(Mustang)은 단칼라기리(Dhaulagiri) 지역의 네 구역 중 하나이다. 묵티나스(Muktinath)의 유명한 사당의 북쪽에 놓여 있는 어퍼 무스탕(Upper Mustang)은 세계적으로 매우 건조하고 추운 지역 중 하나이다. 그레이트 히말라야산맥 뒤에 놓여 있는 가장 높은 이 고원은 거의 1년 내내 강한 바람이 불었다. 이 지역은 네팔이 중국의 자치구역인 티베트와 주로 무역을 했던 경로 중 하나였을 것이라고 추정된다. 이곳에서 사람들의 주된 업무는 무역과 약간의 농업을 통한 목가적 추구였다.

NP no.955 & Sc#811e

▶ Technical Details ·······································

Description : Shree Kumari Chariot(Kathmandu)
Date of Issue : December 24, 2008
Value : Rs. 5.00
Color : Four color with Phosphor Print
Overall Size :
Perforation :
Sheet :
Quantity :
Designer :
Printed by : Cartor Security Printing, France

2008 Shree Kumari Chariot

꾸마리에 관한 전설은 많다. 네왈족이 중심이었던 말라(Malla) 왕조의 마지막 왕인 자야 프라카시 말라(Jaya Prakash Malla)가 통치하던 시기였다.

카트만두의 어린 네왈 소녀가 신성한 어머니 여신(Mother Goddess, Taleju)의 혼에 홀렸다고 한다.(아마도 우리나라의 신병 같은 빙의현상) 이 탈레주(Taleju) 여신은 수세기 동안 네팔과 네팔 왕족의 수호신이었다. 그런데 왕은 이 빙의된 어린 소녀가 가짜로 그런 행동을 하는 사기꾼이라고 생각했다.

왕은 그 소녀를 카트만두 밖으로 내쫓아 버렸다. 바로 그날 밤 왕비 중 한 명이 발작 증세를 일으키면서 쓰러져 사망했다. 왕은 깜짝 놀랐다. 탈레주(Taleju) 여신의 혼령이 추방당한 그 소녀의 몸에 들어간 것이 맞다고 여러 점성술사들이 증언을 하였다. 그런 증언을 들은 왕은 근심에 쌓여 그 소녀를 다시 카트만두로 돌아오게 했다.

그 소녀가 살아 있는 여신 꾸마리(Kumari, Living Goddess Kumari)라고 공식적으로 인정하면서 그 소녀의 발 아래 머리 숙여 경배했다. 왕은 더 나아가서 그 소녀에게 집을 화려하게 잘 지어 주었고 쿠마리 집(Kumari House), 연례적인 꾸마리 자트라(jatra)를 제정하였다. 꾸마리 쟈트라 축제가 열리는 동안 꾸마리는 바이라브(Lord Bhairab) 신과 가네쉬(Ganesh) 신을 상징하는 두 소년들의 시중을 받으면서 거리에 마차를 타고 나온다.

NP no.960 & Sc#815a

▶ Technical Details ·····································

Description : Marker Stone & Nativity Sculpture
Date of Issue : September 14, 2009
Value : Rs. 10
Color : Multicolour with Phosphor Print
Overall Size : 40 X 30mm
Perforation :
Sheet :
Quantity :
Designer :
Printed by : Cartor Security Printing, France

2009 Marker Stone & Nativity Sculpture

    룸비니에서 가장 중요하고 신성한 장소는 부처가 태어난 정확한 지점을 가리키는 마커 스톤(Marker Stone)이 위치한 곳일 것이다. 이 돌은 70×40×10cm의 크기를 갖는 역암을 기반으로 하는 사암이다. 이 돌은 기원전 3세기에 7층으로 쌓여진 벽돌의 가장 위쪽에서 발견되었다.

NP no.961 & Sc#815b

▶ Technical Details ··

Description : Puskarini(Holy Pond)
Date of Issue : September 14, 2009
Value : Rs. 10
Color : Multicolour with Phosphor Print
Overall Size : 40 X 30mm
Perforation :
Sheet :
Quantity :
Designer :
Printed by : Cartor Security Printing, France

2009 홀리 폰드(Holy Pond) 푸쉬카리니(Pushkarini)

 네팔의 서남쪽 지역 룸비니에 위치한 푸쉬카리니(Puskarini/Pushkarini) 연못은 부처님의 어머니 마야데비가 4월 보름달이 뜬 날에 푸쉬카리니 연못에서 샤워를 했다. 샤워한 후에 아기 싯다르타가 태어났다. 아이의 첫 목욕도 이 연못에서 시켰다. 그래서 이 연못이 불교에서 성스러운 성지 중에 하나다.

NP no.963 & Sc#815d

▶ Technical Details ·····························

Description : Monuments of Lumbini
Date of Issue : September 14, 2009
Value : Rs. 10
Color : Multicolour with Phosphor Print
Overall Size : 40 X 30mm
Perforation :
Sheet :
Quantity :
Designer :
Printed by : Cartor Security Printing, France

2009 Monuments of Lumbini

부처님이 대반열반경^(Parinibbana Sutta)에서 미래에 네 군데가 순례가 될 것이라고 했다. 즉, 부처님의 탄생지, 깨달음을 얻은 곳, 첫 설법지 그리고 열반 지인. 이 모든 것이 밖에 자연에서 나무 아래에서 이루어졌다.

네팔 남쪽에 위치한 룸비니^(Lumbini)에서 부처님이 태어나셨고 예전부터 불교 신자들의 아주 중요한 성지순례 중 하나다. 여기에는 여러 개 사원들이 있다. 마야데비^(Maya devi) 사원, 푸쉬카리니 연못도 있다. 부처님이 태어난 당시에는 이 지역에 나무들이 가득하고 특히 살 나무^(Sal Tree)가 많았던 예쁜 공원이 있었다고 한다.

룸비니는 네팔 루판데히^(Rupandehi) 지역 5번에 있는 불교 순례지이다. 부처에 관한 전통에 따르면, 이 장소는 기원전 563년에 마야데비 여왕이 싯다르타 고타마^(Siddhartha Gautama)를 낳은 장소이다. 기원전 528년 경 계몽을 이룬 사람인 고타마는 부처가 되었고 불교를 설립했다. 룸비니는 부처의 삶에 있어서 중요한 장소에서 일어나는 순례를 많이 끌어들인 장소 중 하나이다.

룸비니는 마야데비 사원과 여전히 복구 중인 몇몇 다른 사원들을 포함해서 여러 사원들을 지니고 있다. 많은 기념물들, 수도원 그리고 박물관, 룸비니 국제연구소 또한 이 성스러운 장소 내에 있다. 또한 이곳에는 부처의 어머니가 그가 태어나기 전에 의식을 치르고 처음으로 그를 목욕시킨 장소인 성스러운 연못 푸스카리니^(Puskarini)가 있다. 룸비니 근처의 다른 유적지에서는 전통에 따라 초기 형태의 불상들이 생겨났으며 그 후 궁극의 계몽을 달성했다.

룸비니는 1997년에 유네스코 세계문화유산에 등록되었다.

NP no.964 & Sc#815e

▶ Technical Details ································

Description : Maya devi Temple
Date of Issue : September 14, 2009
Value : Rs. 10
Color : Multicolour with Phosphor Print
Overall Size : 40 X 30mm
Perforation :
Sheet :
Quantity :
Designer :
Printed by : Cartor Security Printing, France

2009 마야데비 사원(Maya devi Temple, Lumbini)

현재 네팔의 연방 주 다섯 번째에 속하는 룸비니(Lumbini)에 마야데비(Maya devi) 사원이 있다. 부처님의 어머니 마야데비의 이름을 따서 이 사원의 이름을 지은 것이다. 이 사원은 부처님의 탄생 장소를 표시한다. 이 사원 옆에 아소카 석주(Ashoka Pillar)가 있다.

부처는 기원전 623년에 그의 어머니 마야데비가 콜리야(Koliya) 주 데바다하(Devadaha)에 위치하는 그녀의 부모님의 집으로 가는 길에 샤키야(Shakya) 주 룸비니에서 태어났다. 따라서 부처의 출생지인 룸비니는 전 세계 사람들에게 신성한 장소가 되었다.

신성한 정원 안의 마야데비 사원은 부처가 태어난 장소에 위치해 있다. 아속 필러, 신성한 연못, 그리고 고대 스투파의 붕괴는 마야데비 사원 근처에 위치하고 있다. 그 사원은 4세기 마야데비 석상이다. 1978년에 룸비니 개발 기본 계획의 공식화가 진행되면서 새로운 마야데비 사원은 룸비니 개발신탁에 의해 지어졌다. 가넨드라 비르 비크람 샤 데브(Gyanendra Bir Bikram Shah Dev) 왕은 복구된 마야데비 사원을 부처 탄생 2547 주년인 2003년 5월 16일에 처음으로 재개했다.

아름다운 마야데비 사원의 삽입도 속 신성한 연못과 석굴암을 묘사하는 이 우표는 네팔 룸비니에서 두 번째 세계 불교 정상회담이 열린 날에 발행되었다.

NP no.966 & Sc#814

▶ Technical Details

Description : Hexagon Lgo of T.U.
Date of Issue : September 14, 2009
Value : Rs. 5.00
Color : Multicolour & Phosphor Print
Overall Size : 40 X 30mm
Perforation :
Sheet :
Quantity :
Designer :
Printed by : Cartor Security Printing, France

2009 트리부반대학교 Hexagon Logo

트리부반대학교는 왕 트리부반 비르 비크람 사허 뎁^{(Tribhuvan Bir Bikram Shah}^{Dev)}의 이름에서 지은 네팔의 첫 대학교이다. 카트만두의 서남쪽에 위치한 키르티푸르^(Kirtipur)에 있는 이 대학교는 1959년에 설립되었다. 이 대학교는 공립대학교이다.

이 우표는 트리부반대학교 창립 50주년을 맞아 발행한 기념우표이다. 트리부반대학교에는 38개의 학과와 4개의 연구센터가 있고, 이 중 31개의 과와 3개의 연구센터는 키르트풀 본 캠퍼스 안에 있다.

설립 당시에는 외곽이었으나 지금은 인가가 많이 들어섰다. 전국에 많은 분교가 있고 이 대학 캠퍼스의 넓이는 154.77ha나 된다.

NP no.1000 & Sc#833

▶ Technical Details ⋯⋯⋯⋯⋯⋯⋯⋯⋯⋯⋯⋯

Description : Maru Ganesh
Date of Issue : December 1, 2010
Value : Rs. 2.00
Color : Four color with Phosphor Print
Overall Size : 31.5 X 42.5mm
Perforation :
Sheet : 50 stamps
Quantity : 1 million
Designer : M. N. Rana
Printed by : Cartor Security Printing, France

2010 마루 가네쉬(Maru Ganesh)

카트만두 더르바르 광장 서남쪽에 작은 가네쉬 신 사원이 있다. 이 사원은 마루 가네쉬(Maru Ganesh) 사원이라고 알려져 있지만 아쇼크 비나약

(Ashok Binayak/Ashok Vinayak)이라고도 부른다. 해외에서 코끼리 신으로 알려진 가네쉬 신의 다른 이름인 비나약이다. '마루'는 카트만두의 현지인 네와르족 말로 '없다'라는 뜻이다. 1층짜리 이 사원에는 첨탑이 없다. 그래서 이 사원을 '마루 가네쉬'라고 부르기도 한다. 그리고 이 사원 근처에 있는 동네를 이 사원 이름으로 마루 톨레(Maru Tole, 마루 동네라는 뜻)라고 한다.

전설에 의하면 옛날 옛날에 현재 사원이 있는 지역에 사라카 아소카(Saraca asoca) 나무의 숲이 있었다. 그 시절에 가네쉬 신 석상을 발견했고 사원을 세웠지만 나무들 때문에 첨탑을 못 만들었다고 한다. 이 사원이 만들어진 날짜는 아직 확실하지 않다.

카트만두에서 4개의 중요한 가네쉬 신 사원이 있는데 그중에 어쏙 비나약 또는 마루 가네쉬도 속한다. 즉, 수려 비나약(Surya Binayak), 까려 비나약(Karya Binayak), 절 비나약(Jal Binayak) 하고 어쏙 비나약(Ashok Binayak)이다.

가네쉬는 힌두교 판테온에서 가장 잘 알려져 있고 가장 많이 숭배받는 네팔 신 중 하나이다. 그에 대한 그림은 인도, 스리랑카, 태국, 발리(인도네시아), 방글라데시 그리고 네팔 등에서 나타난다. 힌두교 교파들은 소속에 상관 없이 이 신을 숭배한다. 가네쉬에 대한 숭배는 불교를 믿는 사람들에게도 널리 영향을 끼치고 있다.

가네쉬는 코끼리 모양의 머리를 가지고 있다. 그는 방해물을 없애 주는 신, 예술과 과학의 신 그리고 지식과 지혜의 신으로 널리 알려져 있다. 그가 초기 신이기 때문에 그는 예식이나 축제가 시작될 때 숭배받는다. 가네쉬는 또한 배움과 지식의 신으로 알려져 있는데, 일부 유물에서는 신화를 그의 탄생과 결부시켜 설명한다.

가네쉬는 2세기경 신의 모습으로 등장한 것으로 보이는데, 더욱 확실하게는 굽타(Gupta) 시기였던 4세기나 5세기 때 나타났다. 시비즘(Shivism) 전통의 힌두교 미신에서는 그를 파르바티(Parvati)와 시바(Shiva) 신의 회복된 아들이라고 본다. 그러나 그는 다양한 전통에서 판-힌두(pan-Hindu) 신의 모습으로 나타난다.

2010

NP no.1001 & Sc#832

▶ Technical Details

Description : Kankalini Mai
Date of Issue : December 1, 2010
Value : Rs. 2.00
Color : Four color with Phosphor Print
Overall Size : 31.5 X 42.5mm
Perforation :
Sheet : 50 stamps
Quantity : 1 million
Designer : M. N. Rana
Printed by : Cartor Security Printing, France

2010 칸칼리니 마이(Kankalini Mai/Saptari)

칸칼리니 마이(Kankalini Mai) 사원은 네팔의 남쪽 지역의 서쁘떠리에 위치한 바르더허(Bhardaha) 마을에 있다. 이 사원은 '버이러와'라는 마을의 주민인 우다야난다 판디트(Udayananda Pandit)가 만들었다고 한다. 이 여신 사원에 뼈가 보이는 석상이 있다. 네팔 말 또는 서쁘떠리 지역 현지 말로 '껑깔'은 해골이라는 뜻이고 '마이'는 현지 말로 어머니라는 뜻이다. 껑깔리니 마이는 두르가(Durga) 여신의 화신이다.

전설에 의하면 350년 전에 우다야난다 판디트의 꿈에 여신이 나타났고 자기 석상을 숲에서 구하고 사원을 만들라고 명령을 내렸다고 한다. 그 후에 우디여넌더가 시골 사람을 모아서 숲에 석상을 찾으러 보냈고 석상을 발견한 후 그 장소에 사원을 설립했다고 한다.

그리고 다른 전설에 의하면 여기 농부들이 땅을 팔다가 석상을 발견했고 그 후에 사원을 만들었다고 하기도 한다.

여기 더사이 전에 있는 나바라트리(Navaratri, 9박의 밤이라는 뜻)에 신자들이 제일 많이 방문한다. 여기 있는 여신에 대한 헌신을 가지면 소원이 이루어진다고 한다. 이 사원에 동물을 바치기도 한다.

NP no.1026 & Sc#863a

▶ Technical Details ·······································

Description : Aryavalokiteshwora(Kathmandu)
Date of Issue : December 31, 2011
Value : Rs. 2.00
Color : Four color with Phosphor Print
Overall Size : 31.5 X 42.5mm
Perforation :
Sheet : 20 stamps
Quantity : 2 million
Designer : M. N. Rana
Printed by : SIA Baltijas Banknote, Latvia

2011 아리야 아발록키테스와라(Arya Avalokiteshwora, Kathmandu)

세또 마찬드라나트(Seto Machhindranath), 카루나머여(Karunamaya) 그리고 아리아 아왈록키테스와르(Arya Awalokiteshwor)로 불리는 이 신은 카트만두 현지 네와르 사람들은 네와르 말로 자나 바하 댜(Jana Baha Dya)라고도 부른다. 파드마파니(Padmapani)라고도 불리는 아발로키테스바라(Avalokitesvara)는 모든 부처신들의 연민을 포함하는 보살이다. 이 보살은 다양한 문화에서 여성 혹은 남성으로 다양한 모습으로 묘사된다. 티베트에서 그는 첸레지크(Chenrezik)로 알려져 있으며 중국 불교에서 그는 과닌(Guanyin)이라는 여성상으로 바뀌어서 묘사된다.

비의 신으로 알려져 있는 세또 마찬드라나트 신의 사원은 저너 바하, 카트만두 덜바르 광장 근처에 있다. 세또 마찬드라나트 축제는 차이트라 다사인(Chaitra Dasain) 축제 때 동시에 이루어진다.

전설에 의하면 죽음의 신, 야마 라즈(Yama Raj)가 스와얌부의 신령스러운 힘에 대해서 안 후에 스와얌부를 방문했다. 야크샤 말라(Yaksha Malla)가 자기 탄트릭 성직자(tantric priest)의 도움으로 야마 라즈를 사로잡고 자기를 영원히 살 수 있게 해 달라고 했다. 야마 라즈가 그렇게 할 수 없다고 답했다. 그리고 야마 라즈가 자기를 풀려나가기 위해 아려 어월로끼떼쉬르를 불렀다. 신이 나타난 후에 왕에게 야마 라즈뿐만 아니라 자기도 그런 영원한 삶을 줄 수 없다고 했다. 하지만 깔머띠 강하고 박머띠 강이 만난 곳에 사원을 만들라고 명령했다. 이 사원에 방문하는 사람이 오래 살 수 있도록만 할 수 있다고 했다. 마침내 왕이 야마 라즈를 풀어 줄 수밖에 없었다. 그리고 밖에 못 나가는 사람들을 위해 1년에 한 번씩 3일짜리 마차 순회를 운영하라고 어랴 어월로끼떼쉬르가 왕 야크샤 말라(Yaksha Malla)에게 말했다. 그렇게 해야 사원까지 못 다니는 사람들을 위해 어랴 어월로끼떼쉬르가 사람의 집을 방문할 수 있다.

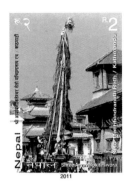

NP no.1027 & Sc#863b

▶ Technical Details ·······································

Description : Chariot(Kathmandu)
Date of Issue : December 31, 2011
Value : Rs. 2.00
Color : Four color with Phosphor Print
Overall Size : 31.5 X 42.5mm
Perforation :
Sheet : 20 stamps
Quantity : 2 million
Designer : M. N. Rana
Printed by : SIA Baltijas Banknote, Latvia

2011 마차 Chariot

  1년에 한 번 세또 마찬드라나트(Seto Machhindranath) 신을 사원에서 밖에 데리고 3일 동안 카트만두의 여러 동네를 바퀴 4개 있는 마차에 들고 다닌다.

  현지 네와르족 사람들이 10층짜리 마차를 만들고 1층에는 4ft 길이의 세또 마찬드라나트 신 석상을 모시고 다른 층에는 다른 신들을 모신다. 관세음보살의 두 석상(White Tara & Green Tara)이 신을 지킨다. 그리고 35ft 길이의 이 마차를 첫날에 저멀, 러뜨너파크, 보따히띠 그리고 어선 동네에 끌린다. 둘째 날은 발꾸마리, 껠 똘, 인드러쭉, 머컨, 하누만도카 그리고 마지막 날에는 하누만도카, 마루, 찌껀 멍걸, 저이시데월, 쟈바하 그리고 러건똘에 돌린다. 그리고 넷째 날은 마찬드라나트 신 석상을 사원에 다시 넣는다.

  그다음에 마차를 다시 분해하고 다음 해를 위해 보관한다.

2011

NP no.1028 & Sc#858

▶ Technical Details ·······································

Description : Deuti Bajai Temple(Surkhet)
Date of Issue : December 31, 2011
Value : Rs. 2.00
Color : Four color with Phosphor Print
Overall Size : 31.5 X 42.5mm
Perforation :
Sheet :
Quantity :
Designer :
Printed by : SIA Baltijas Banknote, Latvia

2011 두티바자이 사원(Deuti Bajai Temple, Surkhet)

네팔의 서쪽에 위치한 수르켓(Surkhet) 지역에 데우띠 버저이(Dueti Bajai/Deuti Bajyai) 사원이 있다. 데우띠/데워띠(Deuti/Dewati) 여신을 주로 샤크티(Shakti)의 화신으로 믿는다. 데우띠 버저이도 마찬가지로 데우띠 여신의 화신으로 믿는다. 주로 네팔에 서쪽 지방에 데우띠 여신을 기도한다. 그리고 이 여신을 주로 집안의 주신으로 여긴다.

4,235명의 소수 인구가(2011년도 네팔 통계) 있는 라지 인종 집단(Raji Indigenous Group)의 사람이 이 데우띠 버저이 사원의 성직자 역할을 해 왔다. 주로 힌두교를 믿는 라지 사람들만 과거에 이 사원에 기도를 했다는 이야기도 있다.

이 사원에 여신의 발자국이 있다고 한다.

सिद्धरतननाथ मन्दिर / दाङ

Siddha Ratannath Temple / Dang

2011

NP no.1029 & Sc#857

▶ Technical Details ·······································

Description : Siddha Ratannath Temple(Dang)
Date of Issue : December 31, 2011
Value : Rs. 2.00
Color : Four color with Phosphor Print
Overall Size : 31.5 X 42.5mm
Perforation :
Sheet : 20 stamps
Quantity : 2 million
Designer : M. N. Rana
Printed by : SIA Baltijas Banknote, Latvia

2011 시다 라탄나트 사원(Siddha Ratannath Temple, Dang)

라탄나트(Ratannath)는 코헤라(Caughera) 수도원을 설립했다. 코헤라 수도원의 설립 배경에는 여러 전설이 전해져 내려오는데, 이 전설들은 모두 왕위와 연결되어 있다. 이 다양한 전설들의 공통점은 바로 초기에 그곳은 정글이었다는 것인데 이는 당(Dang) 계곡의 과거 모습을 상상할 수 있게 해준다.

한 전설은 이 정글에서 사냥을 하던 왕에 대한 이야기이다. 그는 아름다운 노루를 보고는 화살을 쐈다. 부상을 당한 노루는 숲으로 들어가 버렸고 왕은 그 노루를 쫓아갔다. 그러자 갑자기 숲의 중앙에서 그는 빛나는 도사와 마주쳤다. 화살은 그 도사의 앞에 놓여져 있었고 그 왕은 자신의 잘못을 깨닫고 사과했다. 시다(Siddha)는 그를 용서하고 그에게 동쪽과 서쪽 사이의 모든 땅에 대한 통치권을 주었다. 왕은 거절했고 도사가 더 작은 땅을 주었지만 다시 거절했으며, 결국 당 계곡 전반을 통치할 것을 받아들였다. 그러자 라탄나트라는 이름을 가진 시다가 화살을 왕에게 주며 "네가 화살을 가지고 있는 동안 너는 이 왕국을 유지할 수 있을 것이다."라고 말했다. 그러자 왕은 라탄나트를 숭배하고 6개월 동안 화살을 가지고 있었다. 다음 6개월 동안에는 요기스(Yogis)가 화살을 숭배했고 결국 왕은 그의 왕궁에서 벌어들인 수익의 절반을 내놓아야 했다.

NP no.1030 & Sc#859

▶ Technical Details ·······································

Description : Bhatbhateni Temple(Kathmandu)
Date of Issue : December 31, 2011
Value : Rs. 2.00
Color : Four color with Phosphor Print
Overall Size : 31.5 X 42.5mm
Perforation :
Sheet :
Quantity :
Designer :
Printed by : SIA Baltijas Banknote, Latvia

2011 바트바테니 사원(Bhatbhateni Temple)

바트바테니(Bhatbhateni) 사원은 카트만두의 하디가운(Hadigaun)에 위치해 있다. 이 사원에서 숭배되는 신들은 결혼한 커플인 바타(Bhatta) 신과 그의 아내 바티니(Bhattini) 신이다. 신자들은 이 신들을 비스누(Vishnu)와 락슈미(Laxmi) 신의 화신이라고 여기고 숭배한다.

NP no.1031 & Sc#856

▶ Technical Details ·······································

Description : Tansen Bhagawati(Palpa)
Date of Issue : December 31, 2011
Value : Rs. 2.00
Color : Four color with Phosphor Print
Overall Size : 31.5 X 42.5mm
Perforation :
Sheet :
Quantity :
Designer :
Printed by : SIA Baltijas Banknote, Latvia

2011 탄센 바그와티 사원(Tansen Bhagawati Temple)

바그와티(Bhagawati) 사원은 1814년에 우지르 싱 타파(Ujir Singh Thapa)에 의해 지어졌다. 이 사원은 식민지 시대의 영국—인도 부대를 상대로 승리를 거둔 것을 기념하기 위해 지어졌다. 이는 작은 건축물이지만 큰 종교적 중요성을 지닌다. 본래의 건축물은 눈에 띄게 훨씬 컸고 더욱 아름다웠지만 여러 번의 복구를 거쳤다고 전해진다.

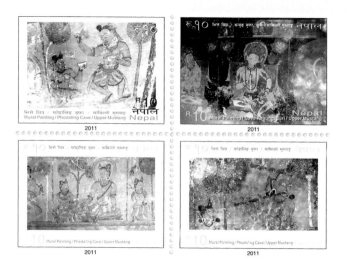

NP no.1032 & Sc#867a, 867b, 867c, 867d

▶ Technical Details ·····································

Description : Mural Paintings, Phodaling Cave, Upper Mustang
Date of Issue : December 31, 2011
Value : Rs. 10
Color : Four color with Phosphor Print
Overall Size : 31.5 X 42.5mm
Perforation :
Sheet :
Quantity :
Designer :
Printed by : SIA Baltijas Banknote, Latvia

Mural Paintings, Phodaling Cave, Upper Mustang

무스탕(Mustang) 지역은 네팔의 서북쪽에 있는 오지이다. 얼마 전까지만 해도 트레킹이 불가능했으나 최근에는 많은 산악인들이 찾고 있다. 무스탕 지역은 티베트와 접해 있기 때문에 겨울에는 아주 춥다. 이곳을 여행하자면 등반 수준의 장비를 갖추어야 한다. 우표의 그림은 무스탕을 들어가는 마을 입구에 슈트파 게이트(Stupa Gate)가 있는데 그 안쪽 벽에 사방에 그려진 그림이다. 이런 그림은 네팔의 산간마을 어디서나 볼 수 있다. 주로 라마교 신도들이 많기 때문에 부처님의 일화를 담은 그림들이 많다. 산간 지역 마을마다 슈트파 게이트가 있어서 그 문을 통해서 마을에 들어가고 나온다.

2011

NP no.1039 & Sc#855

▶ Technical Details ··································

Description : Badimalika(Bajura)
Date of Issue : December 31, 2011
Value : Re. 1.00
Color : Four color with Phosphor Print
Overall Size : 31.5 X 42.5mm
Perforation :
Sheet :
Quantity :
Designer :
Printed by : SIA Baltijas Banknote, Latvia

바데미카 사원(Badimalika Temple)

세티(Seti) 구역의 바주라(Bajura)에 위치한 바데미카(Badimalika) 사원은 네팔의 주요 사원들 중 하나이다. 이 사원은 바그와티(Bhagwati)에 바치는 사원이다. 말리카 차투다시(Malika Chaturdashi)는 매년 이 사원에서 열리는 주요 축제이다. 이 사원은 두 명의 성직자에 의해 봉송되었는데, 한 명은 칼리코트(Kalikot) 지역을, 다른 한 명은 바주라 지역을 대표한다.

NP no.1040 & Sc#860

▶ Technical Details ······························

Description : Baidhyanath Temple(Achham)
Date of Issue : December 31, 2011
Value : Rs. 5.00
Color : Four color with Phosphor Print
Overall Size : 31.5 X 42.5mm
Perforation :
Sheet : 20 stamps
Quantity : 2 million
Designer : M. N. Rana
Printed by : SIA Baltijas Banknote, Latvia

2011 바이디야나스 사원(Baidhyanath Temple)

바바 바이디야나스(Baba Baidhyanath)라고도 알려져 있는 바이디야나스 사원은 시바(Shiva) 신의 가장 신성한 거주지들인 12개의 조티르링가(Jyotirlinga) 중 하나이다. 이 사원은 인도 자크핸드(Jharkhand)의 산탈 파르가나스(Santhal Parganas)에 있는 드오하르(Deoghar) 안에 위치해 있다. 이 사원은 조티르링가가 설립되어 있는 바바 바이디야나스 주 사원과 21개의 다른 사원들로 구성되어 있다.

NP no.1041 & Sc#861

▶Technical Details ·······································

Description : Gajurmukhi Dham(Ilam)
Date of Issue : December 31, 2011
Value : Rs. 5.00
Color : Four color with Phosphor Print
Overall Size : 31.5 X 42.5mm
Perforation :
Sheet :
Quantity :
Designer :
Printed by : SIA Baltijas Banknote, Latvia

2011 가주르무키(Gajurmukhi)

가주르무키(Gajurmukhi)는 네팔 동부의 메치(Mechi)에 있는 일람(Ilam) 지역에 위치하는 마을 혹은 마을 발전위원회를 뜻한다. 동부 지역의 수도 단쿠다(Dhankuta)는 이곳으로부터 약 45km 떨어져 있다. 이곳에서 네팔의 수도인 카트만두까지의 거리는 약 259km이다. 1991년 네팔 설문에 따르면 당시에는 532개의 가구에 3,000여 명의 사람들이 살고 있다고 전해진다.

NP no.1042 & Sc#862

▶ Technical Details ·······································

Description : Yester Jangchubling Monastery(Upper Dolpa)
Date of Issue : December 31, 2011
Value : Rs. 25
Color : Four color with Phosphor Print
Overall Size : 31.5 X 42.5mm
Perforation :
Sheet : 20 stamps
Quantity : 2 million
Designer : M. N. Rana
Printed by : SIA Baltijas Banknote, Latvia

2011 장추블링 수도원(Jangchubling Monastery)

데라 던(Dehra Dun)의 사하스트라드라(Sahastradahra) 길에 위치한 장추블링 수도원(Jangchubling Monastery)은 1984년에 설립되었으며, 1985년에 바쳐졌고, 1992년에 개관을 선언했다. 이곳에서는 매해 열리는 세계 평화기도가 행해지는데 이 예배는 오전 6시부터 오후 7시까지 진행된다.

NP no. & Sc#876

▶ Technical Details ·····································

Description : B. P. Museum
Date of Issue : September 10, 2012
Value : Rs. 10
Color : Four colors with Phosphor print fiber
Overall Size : 31.5 X 42.5mm
Perforation :
Sheet : 50 stamps
Quantity : 1 million
Designer : Purna Kala Limbu Bista
Printed by : SIA Baltijas Banknote, Latvia

B. P. 박물관(B. P. Museum)

　　B. P. 박물관은 순다리잘 감옥(Sundarijal Jail)의 새로운 이름으로 알려져 있으며, 2017BS 펠건(Falgun) 26일에 설립되었다. 이 박물관은 카트만두 순다리잘(Sundarijal) 나야파티-2(Nayapati)에 위치하고 있으며 12,320m²의 땅을 차지하고 있다. 이곳은 카트만두 라트나파크(Ratnapark)로부터 북서쪽으로 12km 떨어진 바그마티(Bagmati) 강둑에 위치하고 있다. 네팔 육군들은 이 순다리잘 막간(Sundarijal barrack)을 "가이다 가스티(Gaida Gasti)"라고 기록했다.

　　이 장소는 네팔 육군들에 의해 100년이 넘도록 사용되었다. 순다리잘 감옥은 고 B. P. 코이랄라(Koirala)의 91번째 생일에 B. P. 박물관으로 전환되었다. 이 박물관은 고 기리자 프라사드 코이랄라(Girija Prasad Koirala)에 의해 2061BS 바드라(Bhadra) 24일에 문을 열었다. 처음으로 선출된 B. P. 코이랄라 수상은 거의 10년간 순다리잘 감옥에 투옥되었다. 따라서 순다리잘 감옥은 B. P. 코이랄라를 기리기 위해 B. P. 박물관으로 바뀐 것이다.

NP no.1067 & Sc#893

▶ Technical Details ······································

Description : Maya devi Temple
Date of Issue : December 31, 2012
Value : Rs. 20
Color : Four colors with Phosphor Print
Overall Size : 42.5 X 31.5mm
Perforation :
Sheet :
Quantity :
Designer :
Printed by : SIA Baltijas Banknote, Latvia

마야데비 사원(Maya Devi Temple)

　부처가 태어난 정확한 장소는 기원전 3세기부터 성지로 여겨지면서 숭배 장소로 바뀌었다. 그 장소는 부처의 어머니의 이름을 따서 마야데비 (Maya Devi) 사원이라는 이름으로 널리 알려졌다. 그 이후 신자들은 재건축 등을 통해 이 신성한 장소의 성스러움을 유지하기 위한 노력을 계속했다. 마야데비 사원 복구 과정에서 1992년부터 1996년까지는 발굴 작업이 계속되었다.

NP no.1084 & Sc#899

▶ Technical Details ······································

Description : Lomanthang Durbar(Mustang)
Date of Issue : June 10, 2013
Value : Rs. 10
Color : Four colors with Phosphor Print
Overall Size : 42.5 X 31.5mm
Perforation :
Sheet : 20 stamps
Quantity : 1/2 million
Designer : M. N. Rana
Printed by : SIA Baltijas Banknote, Latvia

로만탕(Lomanthang)

    로만탕 두르바르(Lomanthang Durbar)는 다우라기리(Dhaulagiri)의 무스탕에 위치하고 있다. 로만탕은 지방 자치체로 5구로 나뉜다. 이는 이 구역의 북쪽 끝에 위치해 있으며 북쪽에는 중국의 티베트 자치구가, 남쪽에는 무스탕(Mustang) 구역의 달로메(Dalome) 지방 자치체를 두고 있다. 높은 벽들로 둘러싸인 이곳은 1380년에 로만탕의 첫 군주였던 아메 팔(Ame Pal)에 의해 지어졌다. 궁궐의 지붕의 13개의 모퉁이에는 13명의 신들을 예술적으로 묘사한 초르텐(Chorten)들이 있다. 궁 벽은 흙으로 만들어졌으며, 90cm에서 1m 정도의 너비에 달한다. 로만탕 두르바르의 고전적인 이름은 타쉬 게 펠(Tashi Ghe Pel)이다.

NP no.1097 & Sc#909

▶ Technical Details ·····

Description : Batsaladevi Bhagawati(Dhading)
Date of Issue : October 30, 2013
Value : Re. 1.00
Color : Four colors with Phosphor Print
Overall Size : 42.5 X 31.5mm
Perforation :
Sheet : 20 stamps
Quantity : 1 million
Designer : Purna Kala Limbu
Printed by : SIA Baltijas Banknote, Latvia

2013 바탈라데비 바그와티 사원(Batsaladevi Bhagwati Temple)

바탈라데비 바그와티(Batsaladevi Bhagwati) 사원은 네팔 카트만두의 토카 (Tokha)에 위치하고 있다. 이는 카트만두 시타파일라(Sitapaila)로부터 서쪽으로 약 15km 떨어진 곳에 위치해 있다. 바탈라데비 사원은 이 지역에서 유명한 고대 사원이다. 이 사원의 바닥의 중심부는 납작하고 동그란 형태의 돌로 덮여 있다. 이 사원에서 불꽃이 보였다는 얘기가 자주 전해지곤한다. 이 사원이 정확히 언제 지어졌는지는 밝혀지지 않았다.

바탈라데비 여신은 다사인(Dashain)의 여섯째 날에 숭배된다. 즉, 바바 다사인(Bada Dashain)의 카스티(Khasthi) 날에 숭배된다. 이 사원은 더르가(Durga) 여신의 9개의 사원들 중 하나인데, 이는 자연적으로 가장 잘 받아들여지는 종교적 유적지이다. 다사인(Dasain) 축제 기간에 수천 명의 사람들이 네팔 전국과 해외에서 이 사원들을 방문한다. 그들은 이 9개의 사원들에서 신성한 목욕을 하고 9명의 여신들한테서 축복을 받는다.

NP no.1100 & Sc#919

▶ Technical Details ·····························

Description : Argha Bhagawati(Arghakhanchi)
Date of Issue : December 31, 2013
Value : Rs. 5.00
Color : Five colors with Phosphor Print
Overall Size : 42.5 X 31.5mm
Perforation :
Sheet : 40 stamps
Quantity : 1/2 million
Designer : Purna Kala Limbu
Printed by : Gopsons Paper Pvt. Ltd.(U.P.), India

아하(Argha)

아하(Argha)는 네팔 남부의 룸비니 아르하칸치(Lumbini Zone Arghakhanchi) 지역의 산히카르(Sandhikharka) 자치체에 위치해 있다. 당시 아하의 왕이었던 질라라이(Jila Rai) 왕은 1492BS에 스리 마하칼리 데비(Shree Mahakali Devi) 사원을 설립했다. 인도 서부 시스와트가(Siswatgadh)로부터 온 그는 아하의 이전 왕이었던 나트힉 바하두르 구룽(Nathik Bahadur Gurung) 왕을 이겨서 아하를 통치하게 되었다. 기록에 따르면 아하로 올 때 그는 그의 수호신인 스리 마하칼리 데비의 석상을 갖고 왔다고 한다. 처음에 그 여신의 석상은 그의 왕궁이 위치한 할리코트(Harlikot)의 남쪽에 세워졌다고 한다. 1922BS에 이 사원은 파괴되었는데 뷰살(Bhusal)이 자신의 돈으로 직접 노동자들에게 임금을 주며 1950BS에 사원을 복구했다. 복구 과정에서 그는 마른 지푸라기 지붕을 찰흙 타일로 대체했다. 또 지바나라얀 벨베세(Jibanarayan Belbase)는 이 타일을 황동으로 대체했다. 초기에는 예술적인 검정색 여신 석상이 세워져 있었다. 그런데 2032BS에 이 석상과 다른 귀중품들을 누군가가 훔쳐갔다고 한다.

NP no.1099 & Sc#916

▶ Technical Details ·································

Description : Rajdevi Temple(Saptari)
Date of Issue : December 31, 2013
Value : Re. 1.00
Color : Five colors with Phosphor Print
Overall Size : 42.5 X 31.5mm
Perforation :
Sheet : 20 stamps
Quantity : 1/2 million
Designer : Purna Kala Limbu
Printed by : Gopsons Paper Pvt. Ltd.(U.P.), India

라즈데비 사원(Rajdevi Temple)

라즈데비^(Rajdevi) 사원은 라즈비라즈^(Rajbiraj)의 서부에 위치하고 있다. 이 고대 사원은 초기에 돔 형식으로 지어졌지만 나중에는 파고다 형식으로 바뀌었다. 사원의 북쪽에는 동굴이 하나 있다. 이 동굴을 통해 우리는 사원에 도달할 수 있다. 라즈데비 여신의 석상이 사원 내부에 있고 사람들은 이 여신을 숭배한다. 이 여신은 센^(Sen) 왕의 통치 시절 최고의 여신이었다. 센 왕은 이 사원에서 여신을 기리곤 했다. 이 라즈데비 사원은 라즈비라즈가 삽타리^(Saptari) 본부로 선언되기 전부터 매우 유명했다. 1997BS에 숲속 나무를 자르면서 라즈비라즈 마을이 설립되었다. 1998BS에 모든 정부 기관들은 삽타리의 이전 본부였던 하누만나가르^(Hanumannagar)에서 라즈비라즈로 옮겨갔다. 라즈데비 사원이 그 지역에서 매우 유명했기 때문에 그 도시는 사원의 이름을 따서 라즈비라즈라고 명명되었다.

이 사원은 네팔과 인도 신자들의 주요 관광지이다. 수천 마리의 염소들이 다사인^(Dashain) 기간 동안 이곳에서 희생당한다.

NP no.1098 & Sc#915

▶ Technical Details ·······································

Description : Bagalamukhi Devi(Lalitpur)
Date of Issue : December 31, 2013
Value : Re. 1.00
Color : Five colors with Phosphor Print
Overall Size : 42.5 X 31.5mm
Perforation :
Sheet : 20 stamps
Quantity : 1 million
Designer : Purna Kala Limbu
Printed by : Gopsons Paper Pvt. Ltd.(U.P.), India

바갈라무키(Bagalamukhi)

바갈라(Bagala)라고도 불리는 바갈라무키(Bagalamukhi)는 힌두교의 10대 데비 마하비다스(Devi mahavidyas, 광장한 지혜, 과학) 중 하나이다. 데비 바갈라무키(Devi Bagalamukhi)는 그녀의 곤봉으로 신도들의 오해와 착각(혹은 그들의 적)을 박살낸다. 바갈라(Bagala)라는 말은 바갈라(Valga, 고삐를 늦추다)라는 단어에서 왔으며 바갈라(Vagla)가 바갈라(Bagla)가 되었다. 데비(Devi)는 108개의 서로 다른 이름들을 가지고 있는데 일부 사람들은 그녀를 1,108개의 이름들로 부른다고 한다. 바갈라무키는 인도 북부에서는 노란색이나 금색과 관련 있는 여신인 피탐바리 마(Pitambari Maa)라고 널리 알려져 있다. 바갈라무키는 지혜로운 데비의 10가지 형태 중 하나로 강력한 여성의 원시력을 상징한다.

NP no.1102 & Sc#917

▶ Technical Details ·······································

Description : Ivory Window, Hanumandhoka Palace
Date of Issue : December 31, 2013
Value : Rs. 5.00
Color : Five colors with Phosphor Print
Overall Size : 42.5 X 31.5mm
Perforation :
Sheet : 20 stamps
Quantity : 1 million
Designer : Purna Kala Limbu
Printed by : Gopsons Paper Pvt. Ltd.(U.P.), India

하누만 도카(Hanuman Dhoka)

하누만 도카(Hanuman Dhoka)는 말라(Malla) 왕족과 샤(Shah) 왕조의 왕궁이 있는 건축물로, 네팔 카트만두 중앙의 더르바르(Durbar) 광장에 위치하고 있다. 하누만 도카 궁은 정문 근처에 앉아 있는 힌두교 신인 하누만(Hanuman)의 석상으로부터 그 이름을 얻었다. 도카(Dhoka)는 네팔 말로 문이나 입구를 뜻한다. 이 건물들은 2015년에 일어난 지진으로 심하게 손상되었다.

누가 언제 하누만 도카 궁의 북서쪽 귀퉁이에 아이보리색과 황금색의 창문을 만들었는지는 명확히 밝혀지지 않았다. 그러나 네팔의 고대 전통에 따르면 이러한 종류의 모퉁이에 위치한 창문들은 궁의 고위 공직자들에 의해 오직 궁궐에서만 지어진다고 전해진다. 오직 왕과 왕비만이 이러한 아이보리색 그리고 황금색 창문들을 통해 바깥을 내다볼 수 있다고 전해지기도 한다. 아이보리색 창문이 위치한 이 건물의 서쪽 부분은 말라 시기에 지어졌으며 북쪽 부분은 라나 바하두르 샤(Rana Bahadur Shah)에 의해 지어졌다고 전해진다. 따라서 이 아이보리색 그리고 황금색 창문 역시 말라 시기에 지어졌을 것으로 추정된다.

NP no.1103 & Sc#918

▶ Technical Details

Description : Kakre Bihar, Surkhet
Date of Issue : December 31, 2013
Value : Rs. 5.00
Color : Five colors with Phosphor Print
Overall Size : 42.5 X 31.5mm
Perforation :
Sheet : 20 stamps
Quantity : 1/2 million
Designer : Purna Kala Limbu
Printed by : Gopsons Paper Pvt. Ltd.(U.P.), India

카크레 비하르(Kakre Bihar)

카크레 비하르(Kakre Bihar)는 수크헷(Surkhet) 계곡의 중앙에 있는 작은 언덕이다. 이는 해수면보다 624m에서 724m 더 높이 위치하고 있고 주변에 살 나무(Sal Tree)들로 둘러싸여 있다. 이 언덕의 가장 윗부분에는 12세기에 돌로 지어진 붕괴된 사원이 있는데, 이 사원은 그 지역의 사람들이 불교와 함께 힌두교를 믿었다는 사실을 보여 준다. 즉 힌두교와 불교를 섬기는 사람들에게 모두 숭배된다. 조각된 돌과 청동 상은 부처와 사라와티(Saraswati, Ganesh) 등을 포함하는 많은 힌두교 신들과 여신들의 모습을 반영한다. 이 힌두교−불교 사원은 정부에 의해 보호되며 원래의 형태로 복원하고자 하는 계획이 있다. 카크레 비하르는 그 형태 때문에 오이의 씨앗을 뜻하는 카크레(Kakre)라는 이름이 붙었다.

NP no.1105 & Sc#931

▶ Technical Details ·····························

Description : Swayambhu Monument Zone
Date of Issue : December 31, 2013
Value : Rs. 30
Color : Five colors with Phosphor Print
Overall Size : 42.5 X 31.5mm
Perforation :
Sheet : 30 & 40 stamps
Quantity : 1/2 million
Designer : Purna Kala Limbu
Printed by : Gopsons Paper Pvt. Ltd.(U.P.), India

스와얌부나트(Swayambunath)

　스와얌부나트(Swayambhunath) 사원은 네팔을 방문하는 많은 여행객들이 꼭 들리는 명소이다. 이 사원은 티베트의 라마교를 바탕으로 하는 사원인데 지난 2015년 4월 네팔 대지진 때 피해를 많이 입었다. 수투파(stupa)는 물론 그 인근에 있는 여러 구조물들이 훼손이 되었다. 지금은 신속한 복구로 원래의 모습을 되찾았으나 주변에는 아직 지진의 흔적들이 많이 남아 있다. 이 사원은 전망대에서 남쪽을 바라보면 카투만두 시내가 한눈에 들어온다.

　내가 처음 네팔을 방문했을 때(1982)는 카투만두 도시 전체가 네팔 양식의 고풍스러운 집들이 많았지만 지금은 새로 지은 근대식 건물들이 많이 들어서 있고 카투만두의 경계도 훨씬 넓어져 있다. 스와얌부나트 사원도 그때 보지 못했던 불상이나 불교적 구조물들이 많이 들어서 있어 옛 모습보다는 훨씬 크고 정비되어 있다. 이 사원으로 올라가려면 동쪽과 서쪽에서 각각 계단을 따라 올라갈 수 있다. 사원 주변으로는 수투파가 많이 세워져 있는데 그중 하나는 네팔의 여성 등반가로 에베레스트를 처음 올라간 Passang Lamu sherpa(1961-1993)의 메모리얼 수투파도 있다.

　이 사원을 참배하는 라마교도나 힌두교도들은 서로 구별하지 않고 예배를 함께 드린다. 멀리서는 티베트에서 오체투지를 하면서 히말라야를 넘어 이곳까지 와서 참배를 한다. 오체투지로 히말라야를 넘다니 놀라운 일이다. 지금도 많은 참배객들이 온다.

NP no.1106 & Sc#933

▶ Technical Details ....

Description : Pashupati Monument Zone
Date of Issue : December 31, 2013
Value : Rs. 30
Color : Five colors with Phosphor Print
Overall Size : 42.5 X 31.5mm
Perforation :
Sheet : 30 & 40 stamps
Quantity : 1/2 million
Designer : Purna Kala Limbu
Printed by : Gopsons Paper Pvt. Ltd.(U.P.), India

파슈파티나스(Pashupatinath)

인생이 나서 죽는 것은 삼척동자라도 모르는 바는 아니다. 또 인류가 생긴 이래 불변하는 진리가 있다면 나서 예외없이 모두 죽는다는 것이다. 이런 죽음임에도 불구하고 모두들 항상 자신에게는 예외가 있을 것처럼 믿는다. 그런 사람들만 보고 살아도 나에겐 태연스레 버닝가트에 앉아 명상하고 있는 모습이 잔잔한 충격이 아닐 수 없다.

이런 충격이 채 가시지도 않았는데, 누가 옆에서 "파이사, 파이사." 한다. 돈 달라는 동냥 시늉이다. 충격을 받다 보면 걸인에게서도 잔잔한 충격을 받는다. 당당해 보인다. 마치 내가 있으니까 당신은 적선할 기회를 갖는다. 적선할 기회가 많아야 당신은 내세에 좋은 업을 지니고 태어난다. 그래서 내가 얼마나 당신에게 은혜로운 존재인가를 생각하라… 마치 그런 말이라도 전하는 듯한 표정이다.

한 닢 루피를 손에 쥐어 주는 내 모습이 오히려 초라해진다. 당당한 거지에게 동냥 주는 초라한 내 모습이 언제쯤 당당하게 변할 수 있을 것인가 싶다.

'사랑하는 이여. 나의 잠을 방해하지 마십시오.'

또 한 구의 시체를 버닝가트에 놓고 불을 지핀다. 삶의 종말인가, 아니면 새로운 삶의 시작인가. 나는 파슈파티 사원의 링감을 응시하면서 오래오래 생각에 잠겨 본다.

'저기서 여기라…'

NP no.1107 & Sc#932

▶ Technical Details ·····································

Description : Hanumandhoka Durbar Square Monument Zone
Date of Issue : December 31, 2013
Value : Rs. 30
Color : Five colors with Phosphor Print
Overall Size : 42.5 X 31.5mm
Perforation :
Sheet : 30 & 40 stamps
Quantity : 1/2 million
Designer : Purna Kala Limbu
Printed by : Gopsons Paper Pvt. Ltd.(U.P.), India

하누만 도카(Hanuman Dhoka)

1971년 유네스코 세계문화유산으로 등재된 네팔 문화재다.

하누만 도카(Hanuman Dhoka)는 이름 그대로 하누만(원숭이 모양의 신 및 시바 신의 화신)+도카(문)이라는 의미를 가지고 있다. 하누만 도카 궁은 카트만두에 위치한다. 샤 왕족이 70년대에 더르바르 마르거(Durbar Marg)에 있는 나라얀히티 궁(Narayanhiti Palace)으로 이전하기 전까지 여기에서 생활했다. 그리고 2001년에 여기서 마지막 왕의 대관식(Coronation Ceremony)과 왕족들의 여러 중요한 행사들을 진행한 곳이다.

하누만 도카는 리처비 왕국(Lichhavi Dynasty) 시대부터 있었다고 한다. 현재 여기 보이는 사원, 궁전, 안뜰 등을 시대 별로 여러 왕국의 왕들이 만들어낸 건축물이다. 하지만 주로 15세기에서 20세기에 만들어진 유적들이 많다.

궁 입구에 있는 하누만 신의 동상은 프라탑 말라(Pratap Malla) 왕이 1672년에 만들었다. 힘이 센 하누만은 주로 잡신을 쫓아낸다고 믿는다. 네팔에서 왕을 비스누 신의 열 번째 화신으로 믿고 있다. 하누만 신은 라마연(Ramayan, 힌두 서사시)에서 람(비스누 신의 일곱째 화신)을 잘 보호해 주는 호사 역할을 했다. 그래서 왕도 비스누 신의 화신이기 때문에 하누만 신이 잘 보호해 준다고 믿었다.

NP no.1108 & Sc#934

▶ Technical Details ·······································

Description : Patan Durbar Square Monument Zone
Date of Issue : December 31, 2013
Value : Rs. 30
Color : Five colors with Phosphor Print
Overall Size : 42.5 X 31.5mm
Perforation :
Sheet : 30 & 40 stamps
Quantity : 1/2 million
Designer : Purna Kala Limbu
Printed by : Gopsons Paper Pvt. Ltd.(U.P.), India

파탄 더르바르 광장(Patan Durbar Square)

　파탄 더르바르(Patan Durbar) 광장은 네팔의 라릿푸르(Lalitpur) 도시의 중심에 위치하고 있다. 이 광장은 카트만두 계곡에 있는 3개의 더르바르 광장들 중 하나인데 이 광장들은 모두 유네스코 세계문화유산으로 등록되어 있다. 이에 대한 관광 명소 중 하나는 라릿푸르의 말라(Malla) 왕들이 거주했던 고대 궁궐이다.

　더르바르 광장은 네와리(Newar) 건축물들이 경이롭다. 광장의 바닥은 빨간 벽돌로 만들어졌다. 이 지역에는 많은 사원들과 석상들이 있다. 주요 사원들은 궁의 서쪽의 맞은편에 자리잡고 있다. 사원들의 입구는 궁궐이 있는 쪽인 동쪽을 향하고 있다. 주요 사원들 옆에 가지런하게 놓여져 있는 벨이 있다. 이 광장은 또한 오래된 네와리 주거지도 지니고 있다. 파탄 더르바르 광장 안과 주변에 네와(Newa) 사람들에 의해 지어진 다양한 다른 절들과 구조물들이 있다. 이 광장은 2015년 4월에 지진에 의해 심하게 손상되었다.

　더르바르 광장의 역사는 분명하게 남아 있지 않다. 라티푸르(Latipur)의 말라(Malla) 왕이 궁궐의 설립으로 인정을 받았음에도 불구하고, 이 유적지는 고대의 교차로였다는 사실이 알려져 있다. 말라 이전에 이 지역에 정착한 프레드하나스(Pradhanas)는 더르바르 광장과의 연결고리를 가지고 있다. 파탄 타쿠리(Patan Thakuri) 왕조의 역사가 궁궐을 짓고 지방에 대한 개혁을 했다는 몇몇 역대기 힌트들이 있지만, 증거는 매우 적다. 학자들은 파탄이 옛날부터 번영한 도시였다고 확신한다.

NP no.1109 & Sc#930

▶ Technical Details ···································

Description : Changu Narayan Monument Zone
Date of Issue : December 31, 2013
Value : Rs. 25
Color : Five colors with Phosphor Print
Overall Size : 42.5 X 31.5mm
Perforation :
Sheet : 30 & 40 stamps
Quantity : 1/2 million
Designer : Purna Kala Limbu
Printed by : Gopsons Paper Pvt. Ltd.(U.P.), India

창구 나라얀(Changu Narayan)

　창구 나라얀(Changu Narayan)의 고대 힌두교 사원은 창구(Changu) 혹은 돌라지리(Dolagiri)라고 알려져 있는 높은 언덕 꼭대기에 위치해 있다. 이 사원은 목련 나무 숲과 창구(Changu)라고 알려져 있는 작은 마을에 의해 둘러싸여 있다. 이 사원은 네팔 박타푸르(Bhaktapur) 지역의 창구 나라얀(Changu narayan VDC)에 위치해 있다. 이 언덕은 카트만두로부터 동쪽으로 12km 정도 떨어져 있으며 박타푸르의 북쪽으로 몇 마일 떨어져 있다. 마나하라(Manahara) 강은 언덕 옆으로 흐른다. 이 사원은 비스누(Vishnu) 신에게 바쳐지며 힌두교 사람들에 의해 특별한 숭배가 행해진다.

　이 사원은 네팔 역사상 가장 오래된 사원으로 여겨진다. 카슈미르(Kashmiri) 왕은 그의 딸 참파크(Champak)가 박타푸르의 왕과 결혼하도록 했다. 창구 나라얀 사원은 그녀의 이름에서 따온 것이다.

NP no.1110 & Sc#929

▶ Technical Details ··································

Description : Bouddhanath Monument Zone
Date of Issue : December 31, 2013
Value : Rs. 25
Color : Five colors with Phosphor Print
Overall Size : 42.5 X 31.5mm
Perforation :
Sheet : 30 & 40 stamps
Quantity : 1/2 million
Designer : Purna Kala Limbu
Printed by : Gopsons Paper Pvt. Ltd.(U.P.), India

부다나트 수투파(Bouddhanath Stupa)

부다나트 수투파(Bouddhanath stupa)는 세계적으로 가장 큰 만다라 수투파라고 알려져 있다. 카투만두를 여행하기 위하여 비행기를 타고 가면 착륙하기 전에 이 부다나트 수투파를 볼 수가 있다. 비행기에서 내려다본 부다나트 수투파는 만다라 위에 만들어진 구조물이라서 아주 인상 깊게 보인다. 한 폭의 만다라 그림을 보는 느낌이다. 이 부다나트도 스와얌부나트 사원과 마찬가지로 티베트 불교 라마교가 중심이 되어 세운 구조물이다.

부처님 사리가 안치되어 있다고 전해 오는 이 수투파를 순례하기 위해 주로 티베트 쪽 라마교인들이 많이 찾기도 하지만 일부 힌두교도들도 많이 찾는 곳이다. 이 부다나트 수투파 역시 2015년 네팔 대지진에서 큰 피해를 입었으나 지금은 복구되어 옛 모습을 되찾고 있다. 이 부다나트를 시계 방향으로 돌면서 마니차를 돌리면서 소원을 빈다. 여기에는 티베트에서 히말라야를 넘어 오체투지로 순례 온 순례객들이 많은데 이들이 여기에서도 오체투지를 할 수 있도록 따로 만들어 놓은 공간이 있다. 수투파를 향하여 오체투지로 소원을 기원한다.

NP no.1111 & Sc#928

▶Technical Details ······································

Description : Bhaktapur Durbar Square Monument Zone
Date of Issue : December 31, 2013
Value : Rs. 25
Color : Five colors with Phosphor Print
Overall Size : 42.5 X 31.5mm
Perforation :
Sheet : 30 & 40 stamps
Quantity : 1/2 million
Designer : Purna Kala Limbu
Printed by : Gopsons Paper Pvt. Ltd.(U.P.), India

박타푸르 더르바르 광장(Bhaktapur Durbar Square)

박타푸르(Bhaktapur)는 카투만두 분지에 있는 세 도시 중 하나인데 역사적으로 제일 먼저 발달한 곳이다. 이 오래된 박타푸르도 구왕궁 광장을 중심으로 왕궁과 사원이 들어서 있고 그 뒤쪽으로는 일반 민가들이 들어서 있다. 고색창연한 건물들이 원형대로 제일 많이 보존되어 있는 곳이다. 이 박타푸르도 지난 2015년 네팔 대지진 때 많은 건물들이 붕괴가 되었다. 카투만두 분지 가운데서 제일 많이 지진 피해를 입은 곳이다. 아직 복구가 안 된 문화유적들이 많은데 요즘 가 보면 지진 당시의 붕괴되었던 사원이나 구조물의 잔해를 모아서 그 자리에 쌓아 놓고 원래의 모습이 담긴 큰 현수막을 걸어 두고 있다. 방문객들은 현수막의 사진을 보면서 지진 이전의 붕괴되기 전 모습을 볼 수가 있다.

박타푸르의 3대 명물을 들라고 하면 첫째는 토기인데 구왕국 뒷골목에 가면 토기를 만드는 작은 마을이 있다. 둘째로는 종이 가면인데 가면의 주제는 전부 신이다. 다신교인 네팔이기 때문에 신들도 참 많다. 많은 신들을 종이 가면으로 만들어 기념품으로 판매하고 있다. 세 번째로 많은 것은 목각품인데 이 목각들은 히말라야에서 나는 나무를 가지고 조각을 한 기념품들이다. 박타푸르는 오래전부터 개발된 도시이지만 지금 남아 있는 왕궁이나 사원 마을 건물들은 네팔의 말라 왕조시대에 건축한 건축물들이다. 내가 네팔을 처음 방문했을 때(1982)에는 박타푸르, 카투만두, 파탄 이렇게 세 도시는 서로 떨어져 있었는데 지금은 건물들이 많이 들어서서 박타푸르와 카투만두의 경계가 없을 정도로 넓어져 있다.

NP no.1116 & Sc#927

▶ Technical Details ·······························

Description : National Museum(Chhauni)
Date of Issue : December 31, 2013
Value : Rs. 35
Color : Five colors with Phosphor Print
Overall Size : 42.5 X 31.5mm
Perforation :
Sheet : 20 & 30 stamps
Quantity :
Designer : Purna Kala Limbu
Printed by : Gopsons Paper Pvt. Ltd.(U.P.), India

네팔 국립박물관(The National Museum of Nepal)

    네팔 국립박물관은 수도 카트만두의 유명 관광명소이다. 약 100년 정도 된 이 박물관은 관광객들의 관광 목적이자 네팔의 역사적 상징으로 자리잡고 있다. 네팔에서 가장 큰 박물관으로서 이곳은 국제적인 고고학 연구와 박물관들의 발전에 있어 중요한 역할을 하고 있다. 카트만두의 거주자들에게 이 건물은 네팔 땅에서의 전투를 다시 체험할 수 있도록 해 준다. 주요 관광명소는 역사 예술품들(조각이나 그림들)이 모여 있는 곳과 18~19세기에 전쟁에서 사용되었던 역사적인 무기들을 전시해 둔 곳이다.

    이 박물관은 갤러리들을 조각품, 그림, 벽화, 동전 그리고 무기 등으로 구역을 나눠 놓았다. 박물관은 주다 자야티아 칼라 샬라(Juddha Jayatia Kala Shala), 부처 예술 갤러리(Buddha Art Gallery) 그리고 주 건물 이렇게 세 건물들로 나누어져 있다. 주 건물은 자연 관련 역사적 구간(동물, 나비 그리고 식물 종들을 모아 둔 곳), 문화적 구간, 그리고 우표 관련 구간으로 나뉘어져 있다.

NP no.1117 & Sc#926

▶ Technical Details ·······································

Description : Patan Museum(Patan)
Date of Issue : December 31, 2013
Value : Rs. 20
Color : Five colors with Phosphor Print
Overall Size : 42.5 X 31.5mm
Perforation :
Sheet : 20 & 30 stamps
Quantity :
Designer : Purna Kala Limbu
Printed by : Gopsons Paper Pvt. Ltd.(U.P.), India

파탄 박물관(Patan Museum)

파탄(Patan) 박물관은 파탄에 위치하고 있다. 이 박물관은 유네스코 세계 문화유산에 등록되어 있다. 파탄 박물관은 1997년에 비렌드라 비르 비크 람 샤(Birendra Bir Bikram Shah) 왕에 의해 개관이 선언되었다.

이 박물관은 전통적인 네팔의 신성한 미술작품들을 훌륭한 건축 환경 에서 전시하고 있다. 이 집은 카트만두 계곡의 말라(Malla) 왕족의 왕궁 중 하나였던 파탄 더르바르(Patan Durbar)의 오래된 주거지이다. 이 박물관의 전 시품들은 네팔 문화의 긴 역사를 다루며 일부 희귀한 작품들은 보물들 중 하나이다.

D.Ram.PalPali/Watercolor/"Lumbini"

D.Ram.PalPali/Watercolor/"Tansen"

NP no.1119 & Sc#925

▶ Technical Details ·····································

Description : International Mountain Museum(Kaski)
Date of Issue : December 31, 2013
Value : Rs. 20
Color : Five colors with Phosphor Print
Overall Size : 42.5 X 31.5mm
Perforation :
Sheet : 20 & 30 stamps
Quantity :
Designer : Purna Kala Limbu
Printed by : Gopsons Paper Pvt. Ltd.(U.P.), India

국제산악박물관(International Mountain Museum)

아시아의 주요 관광지 중 하나인 국제산악박물관은 네팔 포카라에 위치한다. 이 박물관은 거대한 히말라야 전시관, 명예 전시관 그리고 세계산 전시관 등 세 개의 전시관으로 구성되어 있다. 이 박물관 안에는 유명한 산에 관한 전시, 유명 산악인들에 대한 기술, 산에 사는 사람들의 문화와 생활양식, 지질학을 포함한 동물과 식물 관련 전시 등이 있다. 이 박물관은 네팔 사람들의 전통문화와 가치를 나타내기 위해 지어졌다.

NP no.1118 & Sc#924

▶ Technical Details ·······································

Description : National Art Museum (Bhaktapur)
Date of Issue : December 31, 2013
Value : Rs. 20
Color : Five colors with Phosphor Print
Overall Size : 42.5 X 31.5mm
Perforation :
Sheet : 20 & 30 stamps
Quantity :
Designer : Purna Kala Limbu
Printed by : Gopsons Paper Pvt. Ltd. (U.P.), India

국립미술관(National Art Museum(Bhaktapur))

　박타푸르(Bhaktapur)에 있는 국립미술관은 박타푸르 더르바르(Bhaktapur Durbar) 광장 내의 오래된 궁궐의 일부분 안에 지어져 있는 네팔의 최고 미술관 중 하나이다. 입구에는 두 개의 사자 석상이 미술관의 입구를 지키고 있다. 그들 옆에는 하누만(Hanuman)과 비스누(Vishnu)의 조각상이 놓여져 있다. 이 미술관의 주요 작품으로는 오래된 샹카(Thangka) 그림이 있다. 이 그림은 군주제 시대였던 14세기에 만들어졌다.

NP no.1129 & Sc#946

▶ Technical Details ·······························

Description : Narayanhiti Palace Museum
Date of Issue : October 9, 2014
Value : Rs. 20
Color : Five colors with fluorescent ink with one color intaglio including
microline
Overall Size : 42.5 X 31.5mm
Perforation :
Sheet : 40 stamps
Quantity : 1/2 million
Designer : Purna Kala Limbu Bista
Printed by : Gopsons Paper Pvt. Ltd./Noida, India

나라얀히티 궁(Narayanhiti Palace)

　나라얀히티(Narayanhiti) 궁은 카트만두에 있는 궁궐로 오랫동안 네팔 왕국의 군주 통치의 주거 공간이자 주된 근무지의 역할을 해 왔다. 네팔의 오랜 군주정치 시대를 끝내면서, 나라얀히티 궁은 '나라얀히티 궁 박물관'으로 바뀌었고 사람들이 드나들 수 있게 되었다.

　이 궁은 2008년 5월 29일 헌법제정단의 첫 모임에서 네팔이 연방 민주공화국으로 선언된 이후 박물관으로 바뀌었다. 이 박물관은 2008년 6월 15일 당시 수상이었던 고 기리자 프라사드 코이랄라(Girija Prasad Koirala)에 의해 개관되었다. 2009년 2월 26일, 대중들은 이 박물관으로 드나들 수 있게 되었다.

　나라얀히티 궁 박물관은 744로파니(ropanis)만큼의 면적을 차지하며, 궁은 $40,820ft^2$만큼의 총면적을 차지한다. 궁 내부에는 왕과 왕비의 침실, 거실, 개인 휴식공간, 그리고 객실 등 총 52개의 방이 있다. 궁 내부의 방과 복도들이 네팔의 지역 이름을 따서 이름이 붙은 반면, 외부 문들은 네팔의 여러 산들의 이름을 붙였다. 현재는 19개의 방만이 전시되어 공개되고 있다.

NP no.1131 & Sc#945

▶ Technical Details ·······································

Description : Rishikesh Temple(Ridi)
Date of Issue : October 9, 2014
Value : Rs. 5.00
Color : Five colors with fluorescent ink with one color intaglio including
        microline
Overall Size : 42.5 X 31.5mm
Perforation :
Sheet : 40 stamps
Quantity : 1 million
Designer : Purna Kala Limbu Bista
Printed by : Gopsons Paper Pvt. Ltd./Noida, India

리시케시^(Rishikesh)

리시케시^(Rishikesh)는 지방자치단체 도시이며 인도의 우따라크핸드^(Uttarakhand)의 데라둔^(Dehradun) 내 테실^(Tehsil)에 위치하고 있다. 인도 북부에 있는 히말라야의 작은 언덕에 위치한 이 지역은 '가르활 히말라야^(Garhwal Himalayas)로 향하는 입구' 혹은 '세계의 요가 중심지'라고 알려져 있다. 이는 하리드워^(Haridwar) 시로부터 북쪽으로 약 25km 떨어져 있고 중심지 데라둔^(Dehradun) 시로부터 남동쪽으로 약 43km 떨어져 있다. 인도의 2011년 설문조사를 보면 리시케시의 인구는 102,138명으로 우따라크핸드에서 일곱 번째로 가장 인구가 많은 도시이다. 이는 순례 마을로 알려져 있으며 힌두교에서 가장 신성한 장소 중 하나로 알려져 있다. 힌두교 신자들은 고대부터 중세까지 더 높은 지식을 탐구하러 이곳을 방문해 왔다.

NP no.1132 & Sc#949

▶ Technical Details ·······································

Description : Manakamana Temple & Cable Car
Date of Issue : October 30, 2014
Value : Rs. 50
Color : Five colors with fluorescent ink with one color intaglio including
    microline
Overall Size : 42.5 X 31.5mm
Perforation :
Sheet : 40 stamps
Quantity : 1/2 million
Designer : Purna Kala Limbu Bista
Printed by : Gopsons Paper Pvt. Ltd./Noida, India

마나카마나(Manakamana)

    네팔 고르카(Gorkha)에 위치한 마나카마나(Manakamana) 사원은 힌두교 여신인 파르바티(Parvati)의 화신인 바그와티(Bhagwati) 여신의 신성한 장소이다. 마나카마나라는 이름은 두 단어에서 따왔는데, 마나(mana)는 마음이라는 뜻이고 카마나(kamana)는 소망이라는 뜻이다. 17세기부터 숭배된 이 사원에서는 마나카마나 여신이 그녀의 성지에서 그녀를 숭배하기 위해 순례를 하는 모든 이들의 소원을 들어준다는 말이 전해져 내려온다.

    이곳에는 1998년에 지어진 케이블카가 있다. 이는 오스트리아의 도플마르(Doppelmayr) 기술로 지어진 네팔 최초의 케이블카이다. 이 케이블카를 타고 약 백만 명의 사람들이 이 사원을 방문한다고 한다. 지금까지 거의 천만 명의 사람들이 이 케이블카를 이용했다고 한다. 이 케이블카의 총길이는 3.02km이다. 케이블카의 중앙역은 카트만두에서 차로 세 시간 거리에 위치한 쿠린타르(Kurintar)에 있다. 이 케이블카는 국내외 여행객들에게 잘 알려져 있다.

NP no.1134 & Sc#951

▶ Technical Details ....

Description : Shiva-Parbati(Hanumandhoka)
Date of Issue : December 9, 2014
Value : Re. 1.00
Color : Five colors with phosphor print
Overall Size : 32 X 32mm
Perforation :
Sheet : 40 stamps
Quantity : 1 million
Designer : Puran Kala Limbu Bista
Printed by : Gopsons Paper Pvt. Ltd./Noida, India

시바-파르바티 사원(Shivaparbati Temple)

꾸마리의 집 앞에 마주하여 시바(Shiva) 신의 집이 있다. 이를 시바 파르바
티(Shivaparbati) 사원이라고 한다. 시바 신을 모시는 사원이다. 네팔의 구 왕궁

은 사원과 왕궁이 혼재해 있다. 힌두교에선 많은 신들이 있지만 주된 3신이 있다. 천지만물을 창조한 브라마신(Brahma), 창조된 우주만물을 유지하는 신(Vishunu), 그리고 파괴와 재창조를 관장하는 시바 신이다. 이들 신 가운데 시바 신의 신도들이 제일 많다. 우리를 창조해 주신 신이 제일 신도가 많을 것 같은데 시바 신이 제일 많다. 아마도 파괴의 공포 때문이거나 윤회적인 재창조에 대한 믿음 때문이 아닐까 생각된다. 이 시바를 기리는 사원이 꾸마리 하우스 정면에 위치해 있다. 제일 높은 발코니의 창 문에 기대어 구 왕궁광장을 내려다보고 있는 시바 부부의 상이 인상적이다.

시바 신의 상징을 학자들은 그의 무한한 성력(性力)에서 설명하는 분들이 많다. 시바를 상징하는 고대의 상징물을 보면 기둥 같은 바위나 조각물을 숭배한다. 링가(Linga)라고 한다. 남성의 성기를 상징하고 힘과 생산성을 의미한다. 이에 비해 우리나라의 맷돌같이 생긴 모습의 조형물이 있다. 이를 요니(Yoni)라고 한다. 여성성을 상징한다. 사진에서 보는 모습을 미투나(Mituna) 상이라고 한다. 요니 위에 링가를 올려 놓은 모습이다. 성적 교합을 의미한다. 우주의 화합과 조화를 의미하는 것이다. 우리나라에서도 산행을 하다 보면 남근석이나 여근곡이라 이름 붙여진 곳들이 많다. 이 모습들도 힌두교의 링가나 요니 그리고 미투나와 같은 맥락에서 해석하는 학자들도 많이 있다.

초기에는 그런 상징물을 통해 시바를 숭배했으나 알렉산더의 동진으로 그리스 조각문명이 들어온다. 이에 영향받아 링가에 얼굴을 새기기 시작한 것이 시바 신 모습의 효시이다. 그냥 기둥바위에서 남근으로 조각하다 이 남근에 시바 신을 조각하기 시작한 것이다. 불교의 부처님 상도 무불 500년을 경과하고 나서 실상을 조각하기 시작했는데 그 모델이 시바 신 조각이다.

NP no.1135 & Sc#954

▶Technical Details ·······································

Description : Aadeshwor Mahadev(Kathmandu)
Date of Issue : December 9, 2014
Value : Re. 1.00
Color : Five colors with phosphor print
Overall Size : 32 X 32mm
Perforation :
Sheet : 40 stamps
Quantity : 1 million
Designer : Purna Kala Limbu Bista
Printed by : Gopsons Paper Pvt. Ltd./Noida, India

Aadeshwor Mahadev^(Kathmandu)

아데쉬와르 마하데브^(Aadeshwor Mahadev) 사원은 카트만두 시타파일라^(Sitapaila)에 위치하고 있다. 또한 이 사원은 스와스타니 브라타카타^(Swasthanee Bratakatha)에 포함되는데, 이 이유로 그 지역에서 유명할 뿐만 아니라 국제적으로도 유명하다. 매우 많은 수의 사람들이 시바라트리^(Shivaratri), 티지^(Teej), 그리고 아크샤이 트리티야^(Akshay Tritiya) 기간 동안 숭배하러 이곳을 방문한다. 묵티 만달^(Mukti Mandal)이라 불리는 역사적인 파티^(pati)가 있다. 이 만달^(Mandal)에서 사람들은 매주 월요일 오후에 숭배를 한다. 여러 신과 여신들의 예술적인 석상들이 이 사원 바깥에 위치해 있다. 시바 링하^(Shiva Lingha)는 이 사원의 중심 부분에 위치하고 있다. 지역 사람들의 말에 따르면 이 사원은 마하카비 락슈미 프라사드 데브코타^(Mahakavi Laxmi Prashad Devakota)가 노년에 이곳에서 머무른 이후 더욱 중요한 장소가 되었다고 한다.

NP no.1136 & Sc#952

▶ Technical Details ·····························

Description : Kumari Ghar Basantapur(Kathmandu)
Date of Issue : December 9, 2014
Value : Rs. 2.00
Color : Five colors with phosphor print
Overall Size : 32 X 32mm
Perforation :
Sheet : 40 stamps
Quantity : 1 million
Designer : Purna Kala Limbu Bista
Printed by : Gopsons Paper Pvt. Ltd./Noida, India

쿠마리(Kumari)

쿠마리(Kumari)에 대한 전설은 많다. 한 전설에 의하면 네왈 왕국인 말라 왕국의 마지막 왕 자야 프라카쉬 말라(Jaya Prakash Malla)는 탈레주(Taleju) 여신과 주사위 놀이와 여러 도박놀이를 하면서 오랜 시간을 즐겁게 함께 보냈다고 한다. 그러던 어느 날 왕은 탈레주 여신의 아름다움에 도취되어 욕정이 가득찬 눈길로 여신을 바라보았다. 탈레주 여신은 왕의 생각을 알아차렸습니다. 왕이 자신을 성적 욕정의 대상으로 생각한다는 것을 알고 여신은 자리를 떠났다. 그날 밤 탈레주 여신은 두려움에 가득찬 말라 왕의 꿈속에 나타나서는 '오, 가련한 왕이여, 당신의 여생이 얼마 남지 않았고, 당신의 왕조는 곧 몰락할 것이다. 당신은 더 이상 나에게서 축복을 받지 못할 것이다. 네와르(Newar) 계급에서 한 소녀를 택해라. 내가 그녀의 몸에서 살 것이리라. 그녀를 여신 꾸마리(Goddess Kumari)로 숭배하라. 왜냐하면 그녀를 숭배하는 것이 곧 나를 숭배하는 것이기 때문이다.' 이런 탈레주 여신의 예언대로 꾸마리가 탄생했다고 한다.

NP no.1137 & Sc#957

▶ Technical Details ·······························

Description : Koteshwor Mahadev(Kathmandu)
Date of Issue : December 9, 2014
Value : Rs. 4.00
Color : Five colors with phosphor print
Overall Size : 32 X 32mm
Perforation :
Sheet : 40 stamps
Quantity : 1 million
Designer : Purna Kala Limbu Bista
Printed by : Gopsons Paper Pvt. Ltd./Noida, India

코테쉬와르 마하데브(Koteshwor Mahadev)

　코테쉬와르 마하데브(Koteshwor Mahadev)는 카트만두 코테쉬와르(Koteshwor)에 위치한 신성한 장소 중 하나이다. 이 장소는 코테쉬와르 마하데브스탄(Koteshwor Mahadevsthan)으로 널리 알려져 있으며 코테쉬와르 마하데브스탄은 시바(Shiva) 신에게 바치는 힌두교 사원이다. 이 장소는 이 사원이 생겨난 이후 사원의 이름을 따서 명명되었다고 여겨진다. 그러나 이 사원이 언제 등장했는지에 대한 정확한 날짜에 관한 기록은 존재하지 않는다. 이 사원은 또한 코티나스(Kotinath)라는 이름으로 불리기도 한다.

　이 사원 내부에는 살짝 북쪽으로 기울어져 있는 3.5ft 높이의 시바 링가(Shiva Linga)가 있다. 이 시바 링가는 힌두교들에게 매우 신성한 64개의 시바 링가 중 하나라고 한다. 또한 내부에는 15개의 작은 사원들이 있는데, 그 사원들에서 섬기는 신으로는 각각 사라스와티(Saraswati), 우마—마헤시와르(Uma—Maheshwor), 람—락스만—시타—하누만(Ram—Laxman—Sita—Hanuman), 아샤푸리 마하데브(Ashapuri Mahadev) 등이 있다.

NP no.1138-1141 & Sc#963a-963d

▶ Technical Details ··

Description : Birthplace of Lord Buddha(Lumbini)
Date of Issue : December 9, 2014
Value : Rs. 20
Color : Five colors including fluorescent ink and intaglio
      & two colors including microline
Overall Size : 31.5 X 42.5mm
Perforation :
Sheet :
Quantity :
Designer :
Printed by : Gopsons Paper Pvt. Ltd./Noida, India

룸비니(Lumbini)

룸비니(Lumbini)는 네팔 루판데히(Rupandehi) 구역 5번에 있는 불교 순례지이다. 부처에 관한 전통에 따르면, 이 장소는 기원전 563년에 마야데비(Maya devi) 여왕이 싯다르타 고타마(Siddhartha Gautama)를 낳은 장소이다. 기원전 528년 경 계몽을 이룬 사람인 고타마(Gautama)는 부처가 되었고 불교를 설립했다. 룸비니는 부처의 삶에 있어서 중요한 장소에서 일어나는 순례를 많이 끌여들인 장소 중 하나이다.

룸비니는 마야데비 사원과 여전히 복구 중인 몇몇 다른 사원들을 포함해서 여러 사원들을 지니고 있다. 많은 기념물들, 수도원 그리고 박물관, 룸비니 국제연구소 또한 이 성스러운 장소 내에 있다. 또한 이곳에는 부처의 어머니가 그가 태어나기 전에 의식을 치르고 처음으로 그를 목욕시킨 장소인 푸스카리니(Puskarini) 연못이 있다. 룸비니 근처의 다른 유적지에서는 전통에 따라 초기 형태의 불상들이 생겨났으며 그 후 궁극의 계몽을 달성했다.

NP no.1158 & Sc#953

▶ Technical Details ·······································

Description : Natural History Museum
Date of Issue : December 9, 2014
Value : Re. 1.00
Color : Five colors with phosphor print
Overall Size : 32 X 32mm
Perforation :
Sheet : 40 stamps
Quantity : 1 million
Designer : Purna Kala Limbu Bista
Printed by : Gopsons Paper Pvt. Ltd./Noida, India

네팔 자연사박물관(Natural History Museum of Nepal)

　네팔 자연사박물관은 세계문화유산인 스와얌부나트^(Swayambhunath) 근처에 위치하고 있다. 이 박물관은 1975년에 트리부반대학의 과학과 기술학부의 지도 하에 세워졌다. 그때부터 박물관은 50,000여 개의 네팔의 동물과 식물들의 표본을 수집했다.

　이 박물관의 막대한 표본 수집품은 네팔의 생물 다양성의 귀중한 수집물이다. 14,843개의 나비와 나방 표본과 4,142개의 딱정벌레 표본, 1,464개의 잠자리 표본 그리고 1,604개의 다른 곤충들 표본이 있다. 뿐만 아니라 이 박물관에는 107가지 종류의 플라스틱 점토와 74가지 종류의 돌과 광물들이 모여 있다. 더불어 이 박물관은 쥐사슴 표본을 볼 수 있는 유일한 장소가 되었다. 이 박물관은 네팔 생명과학 분야의 연구 및 교육에 있어 큰 발전을 도모했다.

NP no.1166 & Sc#969

▶ Technical Details ··································

Description : Makawanpur Gadhi(Makawanpur)
Date of Issue : July 1, 2015
Value : Re. 1.00
Color : Five colors with phosphor print
Overall Size : 42.5 X 31.5mm
Perforation :
Sheet : 40 stamps
Quantity : 1 million
Designer : Purna Kala Limbu Bista
Printed by : Joh Enschede Stamps B.V., The Netherlands

마카완푸르 가디(Makawanpur Gadhi, Makawanpur)

마하바라트(Mahabharat) 산맥 아래의 언덕 위에 해발 약 4,000ft 위에 위치하는 마카완푸르 가디(Makawanpur Gadhi)는 네팔의 중개발 지역에 위치한 역사적으로 중요한 두 요새 중 하나이다. 따라서, 이 지역의 이름이 이 건물의 이름을 따서 만들어졌다. 이 건물은 마카완푸르(Makawanpur)의 지구 본부인 헤타우다(Hetauda)까지 북동쪽으로 12km 떨어져 있다. 이 건물은 나라야니 가디(Narayani Gadhi)라고 불리며, 센(Sen)이 통치하고 있었던 센(Sen) 왕조 시대의 궁전이었다.

이 요지는 16세기에 당시 팔파(Palpa)의 왕이었던 무쿤드 센(Mukund Sen)의 아들인 라항 센(Lahang Sen)에 의해 지어졌다. 프리티비 나라얀 샤(Prithivi Narayan Shah)의 첫 번째 결혼이 이곳에서 행해졌다고 전해져 내려오며 나크히(Nakhi)와 마하트(Mahat)라는 두 명의 예술가들에 의해 지어졌다고 알려져 있다. 1973BS와 1990BS에 일어난 지진과 1996BS에 발생한 화재로 인해 큰 손상을 입었다. 그러나 이 요지의 존재는 가끔씩 수리하는 것만으로도 어느 정도는 살아 있다.

언덕 살짝 아래에 돌 요새라는 이름이 붙은 작은 요지가 있다. 이 요지는 북쪽을 향하는 문이 있고, 26ft 깊이의 참호들에 의해 둘러싸여 있다. 그곳에는 두 개의 탄약 저장소가 있는데, 하나는 서쪽을 향하고 있고 길이가 200ft, 폭이 30ft, 그리고 높이가 10ft에 달하며 다른 하나는 동쪽을 향하고 있고 길이가 60ft, 폭이 30ft 그리고 높이가 25ft에 달하고 그 위에 폐허가 된 궁전의 한가운데에 지붕을 얹고 있다. 탄약 저장소에 있는 모든 창문들은 돌로 만들어졌다. 이 요지에는 반사 고팔(Bansa Gopal)과 시바(Shiva)라는 두 사원이 있다. 반사 고팔(Bansa Gopal) 사원 안에는 사슬로 다리가 묶인 반사 고팔(Bansa Gopal)의 예술적인 청동 작품이 있다.

NP no.1167 & Sc#970

▶ Technical Details

Description : Lamjung Durbar(Lamjung)
Date of Issue : July 1, 2015
Value : Rs. 2.00
Color : Five colors with phosphor print
Overall Size : 42.5 X 31.5mm
Perforation :
Sheet : 40 stamps
Quantity : 1 million
Designer : Purna Kala Limbu Bista
Printed by : Joh Enschede Stamps B.V., The Netherlands

람정 더르바르(Lamjung Durbar)

여러 유적지들 중에 람정 더르바르(Lamjung Durbar)는 네팔의 가장 중요한 재산 중 하나이다. 이 궁궐은 람정 구역 4번지의 간샤하르 VDC(Gaunshahar VDC)에 위치하고 있다. 당시의 왕이었던 예쇼브람하사하(Yeshobramha Saha)는 이 궁궐의 왕이었다. 그는 바이세(Baishehe)와 챠우베시(Chaubeshsi)의 통치 기간이었던 당시에 람정 시 전반을 다스렸다. 그다음에는 그의 두 아들이 다스렸는데, 나라하리 사하(Narahari Saha)는 이 장소를 다스렸고 그의 어린 아들 드라히야 사하(Drabhya Saha)는 고르카(Goarkha)에서 승리를 거두고는 고르카(Gorkha) 시 전반을 다스렸다. 두 아들 나라하리(Narahari)와 드라비야 사하(Drabhya Saha)가 서로 싸울 때 왕비는 그녀의 두 아들의 싸움을 멈추기 위해 체프(Chepe) 강에 그녀의 모유를 넣었다. 이로 인해 이 역사적 장소는 매우 중요한 유적지가 되었다.

NP no.1168 & Sc#971

▶ Technical Details ·······································

Description : Siddha Pokhari(Bhaktapur)
Date of Issue : July 1, 2015
Value : Rs. 2.00
Color : Five colors with phosphor print
Overall Size : 42.5 X 31.5mm
Perforation :
Sheet : 40 stamps
Quantity : 1 million
Designer : Purna Kala Limbu Bista
Printed by : Joh Enschede Stamps B.V., The Netherlands

시다 포카리(Siddha Pokhari)

　시다 포카리(Siddha Pokhari)는 주요 도시의 입구 근처에 있는 커다란 정사
각형 연못이다. 이 연못은 15세기 초에 야크샤 말라(Yakshya Malla) 왕의 통치
기간 동안 지어졌으며 많은 미신들과 관련이 있다. 날씨가 맑은 날이면
위쪽에 눈이 덮인 산등성이들이 이 연못에 비춰져 보이기도 한다.

NP no.1169 & Sc#973

▶ Technical Details ·······································

Description : Sindhuli Gadhi(Sindhuli)
Date of Issue : July 1, 2015
Value : Rs. 5.00
Color : Five colors with phosphor print
Overall Size : 42.5 X 31.5mm
Perforation :
Sheet : 40 stamps
Quantity : 1 million
Designer : Purna Kala Limbu Bista
Printed by : Joh Enschede Stamps B.V., The Netherlands

신들리 가디(Sindhuli Gadhi, Sindhuli)

신들리 가디(Sindhuli Gadhi)는 바네파(Banepa)에 있는 솔라 바낭(Sola Bhanjang)에 서부터 바르디바스(Bardibas) 사이를 이어 주는 고속도로로부터 걸어서 30분 거리에 있다. 지금까지 이것의 구성에 대한 어떠한 확실한 증거도 기록되어 있지 않다. 네팔 역사의 중간 시기에 이 지역은 마카완푸르(Makawanpur) 주에 속했다. 이 건물은 센(Sen) 정권 하에 무쿤다 센(Mukunda Sen)의 아들인 로행 센(Lohang Sen)에 의해 약 1620BS에 지어졌고, 로핸드 센(Lohand Sen)의 아들인 마니카 센(Manikya Sen)에 의해 더욱 강화되었다고 전해져 내려온다. 그러나 1853BS에 폐허가 된 비문 속에 라나 바하더르 샤(Rana Bahadur Shah) 시기에 푸와 가드(Pouwa Gadh)가 사르다르 안가드(Sardar Angad)에 의해 지어졌다는 언급이 있다. 이 요새는 팔각형 모양이고 건조한 바위 벽으로 만들어졌다.

1819BS에 네팔의 작은 나라들을 통합하는 과정에서 이 요새가 프리티브 나라연 샤(Prithivi Narayan Shah)에 의해 점령당했다는 역사 기록이 있다. 카트만두 계곡의 왕들을 도와주기 위해 그쪽으로 가던 킨로크(Kinlock) 캡틴 하의 약 1,600명의 영국 군사들은 고르칼리(Gorkhali) 부대들과 마주쳤고 패배했다. 그것은 고르칼리 부대가 공격을 시작한 바로 그 요새였으며 그들은 영국 부대의 무기와 탄약들을 약탈하는 데 성공했다. 일부 대포와 전쟁 물류들은 그곳에서 오랫동안 흩어져 있었다. 그러나 나중에 그들 중 일부는 국립박물관으로 옮겨졌다. 네팔의 합병 캠페인이 끝이 나고 신들리(Sindhuli) 지역의 본사 및 기타 사무소들이 다른 곳으로 이전됨에 따라 이 요지는 무시되고 버려졌다.

NP no.1170 & Sc#974

▶Technical Details ·····································

Description : Kaliya Daman, Sundari Chowk(Hanumandhoka)
Date of Issue : July 1, 2015
Value : Rs. 5.00
Color : Five colors with phosphor print
Overall Size : 42.5 X 31.5mm
Perforation :
Sheet : 40 stamps
Quantity : 1 million
Designer : Purna Kala Limbu Bista
Printed by : Joh Enschede Stamps B.V., The Netherlands

칼리야 다만(Kaliya Daman, Sundari Chowk, Hanumandhoka, Kathmandu)

순다리(Sundari) 초크(광장)는 1979BS에 세계문화유산 보호지역으로 등록된 카트만두 더르바르(Kathmandu Durbar) 광장 내의 여러 광장들 중 하나이다. 마한(Mohan) 광장에 관한 해석 가능한 기록에 의하면, 프라탑 말라(Pratap Malla)는 그의 아내 루프마티(Rupmati)의 이름을 따서 몇몇 신들과 여신들의 상징물인 작은 사원들과 황금 수도꼭지를 만들었다. 칼리야 다만(Kaliya Daman) 석상은 역사, 장인 정신, 고고학 그리고 종교의 관점에서 바라볼 때 중요한 석상이다. 이 석상은 학자들이 말한 것과 같이 네팔뿐만 아니라 인도 대륙 전반에서 희귀한 석상들 중 하나이다.

프라탑 말라는 이것을 사코나(Sakona)에서 이에 대한 준비가 되지 않은 라짐파트(Lazimpat)로 이동시켰다. 그곳에 가루다(Garudha)의 석상이 세워졌으나, 그것이 왕과 그의 가족에게 좋지 않은 영향을 끼친다고 받아들여져서 나라연히티 더르바르(Narayanhiti Durbar)에 있는 나라얀(Narayan) 사원과 가까운 곳으로 더 멀리 옮겼다. 이 석상은 여전히 그 자리에 있다. 칼리야 다만ㄴ 석상은 길이가 8.8ft, 너비가 3.8ft이고 높이가 716ft이다. 아주 멋진 곳에서 나그(Nag, 뱀)를 손에 쥐고 있는 크리스나(Krishna) 신의 모습을 묘사한 것이 있다. 이것은 칼리야 나그(Kaliya Nag)가 야무나(Yamuna) 강을 독으로 오염시켰다고 전해지는 하리반사 푸라나(Haribansa Purana) 신앙을 기반으로 하고 있다. 가루다(Garuda)가 그것을 통제할 수 없을 때, 크리스나(Krishna)가 물에서 그 뱀과 싸워서 그를 지배했다.

이 석상에서 칼리야 나그는 인간의 모습으로 묘사된다. 그것의 머리의 가장 앞부분에는 왕관을 쓴 뱀의 다섯 얼굴들이 나타난다. 크리시나 신은 어린 시절 그것의 머리와 어깨 위에 서 있었다. 이는 그의 건강하고 역동적인 행동을 보여 준다. 웃고 있는 얼굴은 그가 보이지 않는 힘으로 나그를 손에 쥐고 있는 것에 대한 자신감을 갖고 있다는 느낌을 준다. "절대 다시는 그 일이 일어나지 않도록 하라."는 의미를 전달하는 약간 두들겨 맞은 듯해 보이는 천 조각(아마 허리를 지지하는 천으로 된 띠)은 훌륭하게 설계되었다. 이것은 나그를 용서하는 것일지도 모른다. 이 작품의 뒤틀린 몸의 중심부에서 활기 넘치는 나그가 밖으로 나오는 모습이 있다.

크리스나 신은 사나운 뱀을 마치 지팡이처럼 그의 손에 항상 쥐고 있었다. 크리스나 신은 둥근 허리, 넓은 가슴 그리고 튼튼한 팔을 가졌고 매우 잘생겼다. 반면 칼리야 다만은 오히려 그의 비례적으로 균형잡힌 몸에서 강한 힘이 느껴진다. 그러나 나그는 신의 힘으로 인해 패배한 느낌을 갖는 것처럼 보인다. 이러한 모든 감정들은 이 장면 안에서 묘사된다.

रु. ५   कालिया दमन, सुन्दरी चोक, हनुमानढोका   Rs. 5

2015

नेपाल

Nepal

Kaliyadaman,
Sundari Chowk, Hanumandhoka

NP no.1176 & Sc#976

▶ Technical Details ·······································

Description : Taleju Temple(Nuwakot)
Date of Issue : July 1, 2015
Value : Rs. 10
Color : Five colors with phosphor print
Overall Size : 42.5 X 31.5mm
Perforation :
Sheet : 40 stamps
Quantity : 1 million
Designer : Purna Kala Limbu Bista
Printed by : Joh Enschede Stamps B.V., The Netherlands

탈레주 사원(Taleju Temple, Nuwakot)

누와콧 더르바르(Nuwakot Durbar) 지역에 위치한 탈레주(Taleju) 사원은 세계
문화유산에 있을 법한 장소 중 하나이다. 이곳은 역사, 고고학, 종교 그

리고 문화의 관점에서 매우 중요한 장소이다. 이 건축물은 7층으로 된 더르바르(Durbar)로부터 150m 떨어져 있는 언덕 위에 위치해 있으며, 인드라 초크(Indra Chowk)의 북쪽에 위치해 있다. 목재, 진흙, 벽돌 및 토류와 같은 그 지역 건축 재료들로 만들어진 이 건축물은 말라(Malla) 시기에 지어졌다. 이 건물은 서쪽을 향하고 있으며 가로 길이, 너비, 높이가 각각 14.5m, 12.3m, 15m이다. 이 건물에는 총 19개의 문, 11개의 단순한 창문 그리고 26개의 격자무늬 창문이 있다.

이 사원의 2층의 서쪽에는 다사인(Dashain)을 특별히 숭배할 때 사용되는 두 개의 기도실이 있다. 그들 중 오른쪽에 있는 것은 말라 왕 시기에 탈레주 바와니(Taleju Bhawani)를 숭배하기 위해 사용되었다. 프리티브 나라연 샤(Prithivi Narayan Shah)는 누와콧(Nuwakot)을 상대로 승리를 거둔 이후에 이전 방과 인접한 다른 방에서 같은 전통을 이어 나갔다. 그리고 탈레주 바와니를 숭배하는 일도 여전히 실행되었다. 7층으로 된 더르바르 구내의 나라연(Narayan) 사원에 있는 파나스(Panas) 글은 탈레주 바와니에 대해 언급하고 있다. 이 기록은 15세기에 카스(Khas) 왕인 리뿌 말라(Ripu Malla)에 의해 쓰여졌다. 다사인 기간 동안 이곳에서 거대한 축제가 열린 것으로 보인다.

이 유용한 증거들을 바탕으로 이 사원이 말라 시기에 지어졌다는 사실은 명백하다. 1990BS에 가장 큰 지진이 오기 전에 이 사원에 있었던 실제 예술품들에 대한 정보가 없기 때문에, 이 사원의 현재 형태는 그 이후의 개조와 수리의 결과물일 수밖에 없다. 기록이 말해 주듯이, 이 지붕은 2027, 2028BS에 수선되었고, 2052-2056BS에 네팔 정부 고고학 부서에 의해 다른 여러 부분들이 개조되었다. 이 문화유산지의 역사적 중요성을 깨닫게 되면서, 이 사원을 원래의 형태와 설계대로 복구하고 지키는 계획이 승인되었고 계속 진행되었다. 그러나 2072BS에 큰 지진에 의해 이 사원은 다시 한 번 완전히 파괴되었다.

NP no.1171 & Sc#975

▶ Technical Details

Description : Mohankali Dhungedhara(Hanumandhoka)
Date of Issue : July 1, 2015
Value : Rs. 8.00
Color : Five colors with phosphor print
Overall Size : 42.5 X 31.5mm
Perforation :
Sheet : 40 stamps
Quantity : 1 million
Designer : Purna Kala Limbu Bista
Printed by : Joh Enschede Stamps B.V., The Netherlands

마한칼리 초크(Mohankali Chowk)

하누만 도카(Hanuman Dhoka) 내에 있는 마한칼리 초크(Mohankali Chowk)는 역사적, 건축학적, 종교적 그리고 고고학적 관점에서 매우 중요한 의의를 갖는다. 이곳은 한때 말라(Malla) 왕의 거주지로 이용되었다. 1649년 어느 날, 말라 왕은 왕관을 쓰기에 적합하게 이곳에서 태어났을 것이다. 가장 후대의 말라 왕이었던 자야 프라카스 말라(Jaya Prakash Malla)는 그가 적합한 계승자였음에도 불구하고 통치 기간 동안 매우 큰 어려움들이 있었는데, 그 이유는 그가 다른 곳에서 태어났기 때문이다.

꼭대기에는 도마뱀을 닮은 동물이 있으며 그것의 꼬리 밑에는 개구리가 있다. 조금 더 밑에는 코끼리, 거북, 호랑이, 사슴 등의 머리가 있으며 정면에는 악어의 입과 그곳으로부터 나오는 송아지가 묘사되어 있다. 밑에는 쭈그리고 있는 작은 남자의 모습이 그려진다.

지진 복구 작업 때문에 현재는 개방하지 않고 있다.

NP no.1174 & Sc#968

▶ Technical Details ·······································

Description : Chandeshwari Temple(Banepa)
Date of Issue : July 1, 2015
Value : Re. 1.00
Color : Five colors with phosphor print
Overall Size : 42.5 X 31.5mm
Perforation :
Sheet : 40 stamps
Quantity : 1 million
Designer : Purna Kala Limbu Bista
Printed by : Joh Enschede Stamps B.V., The Netherlands

찬데스와리(Chandeshwari)

찬데스와리(Chandeshwari)는 힌두교 여신 쿠마리(Kumari)의 화신이다. 이 여신은 바네파(Banepa) 사람들한테 가장 숭배받는 여신이다. 이 지역 사람들은 그녀에 대한 깊은 신앙을 가지고 있어서 그들이 힘든 일을 겪을 때 그녀에게 도움을 요청한다. 스칸다 푸라나(Skanda Purana)의 '네팔 마하트미야(Mahatmya)'에서는 여신 찬데스와리와 관련된 이야기에 대해 언급한다.

찬데스와리는 바네파(Banepa)의 북동쪽으로부터 약 1.5km 떨어진 지점에 위치하고 있다. 이 북쪽을 향하고 있는 3층짜리 웅장한 사원은 17세기에 지어졌다고 전해진다. 이 사원의 정면에는 두 개의 돌기둥과 금속으로 만든 두 마리의 공작이 있는데, 이를 통해 이 사원이 쿠마리(Kumari) 여신에게 바치는 사원임을 알 수 있다. 이 사원의 설립 배경에 대해서는 아무런 사실적 증거가 남아 있지 않다. 사원의 특징 중 하나는 찬데스와리가 악령 샨다(Chanda)를 죽이는 장면을 담은 벽화이다. 이 사원은 또한 벽에 바라바(Bharava) 신의 그림이 있는데, 이는 네팔 만달라(Mandala)에서 가장 큰 낙서 예술이다.

NP no.1175 & Sc#972

▶ Technical Details ·······························

Description : Doleshwor Mahadev(Bhaktapur)
Date of Issue : July 1, 2015
Value : Rs. 5.00
Color : Five colors with phosphor print
Overall Size : 42.5 X 31.5mm
Perforation :
Sheet : 40 stamps
Quantity : 1 million
Designer : Purna Kala Limbu Bista
Printed by : Joh Enschede Stamps B.V., The Netherlands

돌레쉬어 마하데브 사원(Doleshwor Mahadev Temple)

돌레쉬어 마하데브(Doleshwor Mahadev) 사원은 네팔 박타푸르(Bhaktapur)의 남동부에 있는 시파돌(Sipadol) 자치체에 위치하고 있다. 이 사원은 시바(Shiva) 신의 힌두교 사원으로 인도 우타라칸(Uttarakhan)에 위치한 케다르나트(Kedarnath)의 앞부분이라고 믿어진다. 두 성지에서 공통적으로 나타나는 시바 신의 조각품들은 4,000년 정도 된 것들이며, 돌레쉬어(Doleshwor)에서 발견된 돌에 새겨진 기록은 오래된 네팔 언어인 산스크리트어로 적혀 있다.

NP no.1196 & Sc#988

▶Technical Details ································

Description : Nautale Durbar(Hanumandhoka)
Date of Issue : August 11, 2015
Value : Rs. 10
Color : Five colors with phosphor print
Overall Size : 42.5 X 31.5mm
Perforation :
Sheet : 20 stamps
Quantity : 1 million
Designer : Purna Kala Limbu Bista
Printed by : Joh Enschede Stamps B.V., The Netherlands

나우테일 더르바르(Nautale Durbar, Nine storied Palace)

1979년에 세계문화유산으로 등록된 하누만 도카 더르바르(Hanuman Dokha Durbar, 카트만두 더르바르 광장)는 그 안에 수많은 광장들을 지니고 있다. 나살 초크(Nasal Chowk)는 입구(황금 게이트)로부터 오른쪽에 있는 첫 번째 광장이다. 나우테일 더르바르는 남북 방향의 정문을 향해 있는 광장으로 위에 지붕이 있는 사원의 모습으로 설계된 9층 건물이다. 1826BS에 적힌 기록은 가네쉬(Ganesh)의 그림과 함께 더르바르(Durbar)의 입구 바로 위쪽에 있다. 이 기록에는 프리티브 나라연 샤(Prithvi Narayan Shah) 왕에 의한 샤(Shah) 왕조에 대한 영광스러운 묘사가 나타나고 바산타푸르 더르바르(Basantapur Durbar)의 설립에 대해 자세히 기술한 구절이 있다. 이 기록의 두 번째 부분에는 카트만두(Kathmandu) 계곡에서의 그의 영광스러운 승리, 그리고 미르카심(Mirkasim)과 영국 부대를 무찌른 것에 대한 서술이 있다. 따라서, 이 광장은 프리티브 나라연 샤(Prithvi Narayan Shah)에 의해 지어졌을 것이다. 지금은 바산타푸르 더르바르(Basantapur Durbar) 광장이라는 이름으로 유명하다.

네팔의 국가 통합 시기에 프리티브 나라연 샤(Prithvi Narayan Shah)는 누와콧(Nuwakot)에서 승리를 거둔 이후 누와콧에 네팔 건축 역사상 처음으로 7층 높이의 궁궐을 지었다. 그는 카트만두에서 승리를 거둔 후 9층 높이의 궁궐을 지었다. 학자들의 말에 따르면 그는 11층 높이의 궁궐을 지을 계획을 갖고 있었지만 불행히도 그의 이른 죽음 때문에 실현되지 못했다. 더욱이 이 9층 높이의 궁궐은 네팔 건축의 역사에 있어서 훌륭한 본보기가 된다.

이 궁궐은 첨탑까지의 높이가 약 95ft 정도에 달하고, 다치 아파(Dachi Appa)에 의해 벽돌 먼지 모르타르를 재료로 만들어졌다. 이 건물에서 40ft, 6ft 떨어진 곳에는 다른 건물들이 존재한다. 큰 격자무늬의 창문은 건물의 정문의 오른쪽 위에 걸려 있다. 오른쪽과 왼쪽에 두 개의 작은 격자무늬 창문들이 있다. 페이시아 부분과 버팀목에는 신들과 여신들의 그림이 새겨져 있다. 성적 자세를 나타내는 그림들이 그곳에 새겨져 있고 위쪽이 거의 겹치지 않는 창문들은 이 건물을 방문할 가치가 있는 것들이다. 그 외에도 예술적으로 설계된 나무 문, 나무 기둥, 그리고 하중을 버티는 긴 나무 지지대들이 있다. 게다가, 지붕 위의 토기와 꼭대기의 금광은 그것을 매우 아름답게 만든다. 그러나 우아한 격자무늬 창문들의 일부분은 이 건물 근처의 다른 건물들과 겹친다. 이 건물은 또한 바산타푸르 카일라쉬(Basantapur Kailash)라고도 불리며, 2015년 4월에 큰 지진이 일어나기 전까지 하누만 도카 더르바르(Hanumandhoka Durbar) 광장에 있는 건물들 중 가장 높은 건물이었다.

रु.१० नौतले दरबार, हनुमानढोका
Rs. 10
Nautale Durbar, Hanumandhoka

2015

नेपाल
Nepal

NP no.1197 & Sc#987

▶ Technical Details ·······································

Description : Narasimha(Hanumandhoka)
Date of Issue : August 11, 2015
Value : Rs. 10
Color : Five colors with phosphor print
Overall Size : 42.5 X 31.5mm
Perforation :
Sheet : 20 stamps
Quantity : 1 million
Designer : Purna Kala Limbu Bista
Printed by : Joh Enschede Stamps B.V., The Netherlands

나라심하(Narasimha)

　나라심하(Narasimha)는 힌두교 신인 비스누(Vishnu)의 화신으로, 일부는 사자의 모습, 일부는 사람의 모습으로 화신이 되었다. 그는 악마를 없애고 종교적 박해와 이 땅의 재앙을 없애며 그렇게 함으로써 다르마(Dharma)를 회복시킨다. 따라서 보호의 신이라고도 불린다.

　바가바타 푸라나(Bhagavata Purana)는 비스누가 그의 이전 화신이었던 바라하(Varaha)의 모습으로 악령 아사라 히라야크사(asura Hiranayaksa)를 죽였다고 기술했다. 히라야크사의 형이었던 히라야카시푸(Hiranyakasipu) 왕은 비스누를 극도로 싫어했으며 복수를 하고 싶어했다. 그는 특별한 힘을 얻기 위해 많은 해를 건넜다. 그 이후, 브라마(Brahma)는 히라야카시푸에게 요긴한 것을 주었다. 히라야카시푸는 "내가 집 안에 있든 밖에 있든, 낮이든 밤이든, 땅과 하늘 어디에도 있지 않든 내가 죽지 않도록 해 주십시오. 내 죽음이 사람이나 동물에 의해 어느 무기로도 행해지지 않게 해 주십시오. 내가 생명이 있든 당신에 의해 생명이 없는 어떠한 모습으로도 죽음을 마주치지 않게 해 주십시오. 더 나아가 내가 지하 세계에서 어떠한 뱀에게도 물려 죽지 않도록 해 주십시오." 브라마는 그에게 요긴한 것을 주었고 히라야카시푸는 이러한 힘을 얻었다.

　이러한 요긴한 것을 지녀 강력해진 히라야카시푸는 비스누의 신도들을 죽이기 시작했다. 그러나 그의 아들 프랄라다(Prahlada)는 그의 아빠의 뜻을 따르지 않고 비스누 신의 신도가 되었다. 이는 히라야카시푸의 화를 돋구어서 그가 몇 차례 그의 아들을 죽이려고 했지만 비스누 신의 신비한 힘 덕분에 그의 아들은 보호받았다.

NP no.1198 & Sc#989

▶ Technical Details ·····························

Description : Rani Mahal(Palpa)
Date of Issue : August 11, 2015
Value : Rs. 25
Color : Five colors with phosphor print
Overall Size : 42.5 X 31.5mm
Perforation :
Sheet : 20 stamps
Quantity : 1/2 million
Designer : Purna Kala Limbu Bista
Printed by : Joh Enschede Stamps B.V., The Netherlands

라니 마할(Rani Mahal)

　라니 마할(Rani Mahal)은 네팔 팔파(Palpa) 내의 칼리 간다키(Kali Gandaki) 강 둑에 위치한 라나(Rana) 궁이다. 이 궁은 1893년에 하드가 삼쉐르 라나 JBR(Khadga Samsher Rana JBR) 장군에 의해 건축되었다.

　1887년에 하드가 삼쉐르 라나(Khadha Samsher Rana) 장군은 그의 왕족 지위를 내려놓고 네팔의 서쪽 사령관장으로서 팔파 가우다(Palpa-Gauda)로 갈 것을 강요받았다. 1892년 팔파 가우다(Palpa-Gauda)에서 하드가 삼쉐르 라나(Khadha Shumsher)가 사랑하는 가장 어린 아내 테즈 쿠마리 데비(Tej Kumari Devi)가 죽고 1년 내에 하드가(Khadga)는 궁궐을 짓고 그의 아내의 이름인 라니 마할이라고 이름을 지었다. 그는 또한 근처 숲의 이름도 라니(Rani) 숲이라고 지었다.

NP no.1199 & Sc#990

▶ Technical Details ·····························

Description : Gaddi Baithak(Hanumandhoka)
Date of Issue : August 11, 2015
Value : Rs. 35
Color : Five colors with phosphor print
Overall Size : 42.5 X 31.5mm
Perforation :
Sheet : 20 stamps
Quantity : 1/2 million
Designer : Purna Kala Limbu Bista
Printed by : Joh Enschede Stamps B.V., The Netherlands

가드디 바이스탁(Gaddi Baithak)

가드디 바이스탁(Gaddi Baithak)은 하누만 도카 두르바르 광장(Hanumandhoka Durbar Square)의 남쪽에 위치하고 있다. 이는 1908년에 당시 프리티비 비르 비크람 샤 데브(Prithivi Bir Bikram Shah Dev) 왕의 임기 동안 수상이었던 찬드라 샴셔 라나(Chandra Samser Rana)에 의해 지어졌다. 이 건축물은 참신하고 우아한 서양 기법으로 지어진 신고전주의 건물이다. 이 건물은 고위직들에 의한 특별한 행사나 축제들을 준비하기 위한 목적으로 만들어졌다. 대사와 같이 중요한 외국 인사가 왕으로부터 환영을 받는 장소이기도 했다. 샤 왕조가 그들의 거주지를 나라얀히티 두르바르(Narayanhiti Durbar)로 옮긴 이후에 이곳은 나라의 일을 하기 위한 모임의 장소가 되기도 했다.

NP no.1212 & Sc#1004

▶ Technical Details ······································

Description : Sarbeshwor(Kumbheshwor) Mahadev
Date of Issue : October 9, 2015
Value : Rs. 3.00
Color : Five colors with phosphor print
Overall Size : 42.5 X 31.5mm
Perforation :
Sheet : 20 stamps
Quantity : 1/2 million
Designer : Purna Kala Limbu Bista
Printed by : Joh Enschede Stamps B.V., The Netherlands

쿰브헤쉬워 사원(Kumbheshwor Temple)

쿰브헤쉬워(Kumbheshwor) 사원 건축물은 오래된 파탄(Patan) 마을의 북쪽에 위치하고 있는 가장 오래되고 가장 분주한 종교 건축물 중 하나이다. 그들의 사원 혹은 성지들이 이 건축물 내에 있는 주요 신들에는 쿰브헤쉬워 마하데브(Kumbheshwor Mahadev), 바갈라무키(Bagalamukhi), 언만터 베어러브(Unmanta Bhairab), 가오리쿤다(Gaurikunda), 하라티(Harati), 마나카마나(Manakamana), 케다나스(Kedarnath), 바드리나스(Badrinath) 등이 있다. 이 사원은 그곳의 원천이 라스와(Rasuwa) 구역의 고사이쿤트(Gosaikund) 강이라고 여겨지는 인접한 호수를 채우는 자연스러운 구조를 지니고 있다. 따라서 이곳은 야나이 후니마(Janai Purnima) 축제 기간 동안 연못 물을 한 모금 마시는 것이 고신쿤다(Gosainkunda)에서 같은 행동을 하는 것과 동일한 효과라고 믿어졌다.

NP no & Sc#1024

▶ Technical Details ·······································

Description : Chandan Bhatareshwor Mahadev, Kathmandu
Date of Issue : November 16, 2016
Value : Rs. 5.00
Color : 5 colors with phosphor print
Overall Size : 35 X 45mm
Perforation :
Sheet : 40 stamps
Quantity : 2 millions
Designer : Purna Kala Limbu
Printed by : Perum Peruri, Indonesia

찬단 바타레슈워르 조티르링가(Chandan Bhatareshwor Jyotirlinga)

찬단 바타레슈워르 조티르링가(Chandan Bhatareshwor Jyotirlinga)는 생커트 체크포스트(Thankot Checkpost) 근처에 있는 찬단기리(Chandagiri) 자치구 9번 아래에 있다. 이 조티르링가(Jyotirlinga)의 설립은 힘바트칸다(Himbatkhanda, 성서의 한 장)에 언급되어 있다. 고대에 시바(Shiva) 신과 그의 아내 파르바티(Parbati)는 항공기를 타고 이 지역을 날아다니는 것을 즐겼다. 그들이 그곳에 도착하자 시바 신은 이 장소를 가리키며 파르바티(Parbati)에게 "조티르링가의 석상을 봤습니까?"라고 말했다. 더 나아가 그는 "브라마(Brahma), 비스누(Bishnu) 그리고 인드라(Indra)와 같이 대단한 신들조차도 이 장소에서 그들의 소원을 이룹니다."라고 말하였다. 이 말을 들으면서 파르바티(Parbati)는 항공기에서 내려 수천 년 동안 돌에 백단유로 반죽을 만들고 그것을 시바 린가(Shiva Linga)에게 전달했다. 따라서 이는 찬단 버라티쉬워(Chandan Varateshwor)라는 이름이 붙었다. 이것은 역사적, 고고학적 중요성 때문에 고고학과에 등록되어 있다. 파르바티가 시바를 찬단(Chandan, 백단유 반죽)으로 덮었기 때문에 언덕에 찬단이라는 이름이 붙었고, 나중에 그것은 찬단에서 파생된 형태이기 때문에 찬단기리(Chandagiri) 언덕으로 알려졌다.

NP no & Sc#1026

▶ Technical Details ·····································

Description : Siddhakali Temple, Bhojpur
Date of Issue : November 16, 2016
Value : Rs. 10
Color : 5 colors with phosphor print
Overall Size : 35 X 45mm
Perforation :
Sheet : 40 stamps
Quantity : 2 millions
Designer : Purna Kala Limbu
Printed by : Perum Peruri, Indonesia

시다칼리 사원(Siddhakali Temple)

보즈푸르(Bhojpur, 네팔 동부)에 위치한 시다칼리(Siddhakali) 사원은 힌두교의 주요 사당 중 하나이다. 이 사당은 보즈푸르 바자르(Bhojpur Bazar)에서 북쪽으로 100m 떨어진 카일라시단다(Kailash Danda, ca.)라고 불리는 근처 언덕에 위치해 있다. 이것은 두르가(Durga) 여신에게 바쳐지는 사원이다.

이 사원은 매일 정기적으로 열린다. 비둘기, 수탉, 오리, 염소 등과 같은 동물들의 희생을 바치면 그 사람의 소원이 이루어진다고 믿어졌다. 다른 지역에서 온 사람들뿐만 아니라 보즈푸르에서 온 순례자들도 숭배를 위해 이 사원에 모였다. 사원 근처에는 마하데브(Mahadev)라 불리는 동굴이 있다. 이 동굴은 탁사르(Taksar)라 불리는 걸어서 1시간 정도 걸리는 곳에 위치해 있는 또 다른 동굴과 이어진다고 믿어져 온다. 속담에 있는 것과 같이 마하데브 동굴에 들어간 사람들은 탁사르 동굴로 나올 수 있었다.

시다칼리(Siddhakali) 사원은 관광객들의 관점뿐만 아니라 종교적 관점에서도 중요성을 띤다. 인근의 보즈푸르 상점가, 공항 그리고 보즈푸르 지역의 다른 부분들의 극적인 아름다움은 사찰 건물에서 볼 수 있을 것이다.

NP no & Sc#1023

▶ Technical Details ·······································

Description : Aadilinga Kusheshwor Mahadev, Sindhuli
Date of Issue : November 16, 2016
Value : Re. 1.00
Color : 5 colors with phosphor print
Overall Size : 35 X 45mm
Perforation :
Sheet : 40 stamps
Quantity : 1 million
Designer : Purna Kala Limbu
Printed by : Perm Peruri, Indonesia

쿠슈화르 마하데브(Kusheshwor Mahadev(Sindhuli))

쿠슈화르 마하데브^(Kusheshwor Mahadev)는 신들리^(Sindhuli) 지역의 쿠슈화르 ^(Kusheshwor VDC) 안에 있는 두마^(Dumja) 마을에 위치해 있다. 이는 힌두교의 주요 사당 중 하나이다. 이 신성한 땅은 힌두교의 신앙과 성스러운 순례의 중심지이다. 순코시^(Sunkoshi) 강과 로시^(Roshi, Punyabati) 강의 합류 지점에서 목욕을 하는 것과 쿠슈화르에 물을 바치는 것은 죄에 대한 구원을 여러 세대 동안 얻는 데 도움을 준다.

기록에는 누가, 언제 이 사원을 지었는지 나와 있지 않다. 기록에서 알수 있듯이 이 사원은 1990BS⁽¹⁹³³⁾에 일어난 지진으로 인해 완전히 파괴되었다. 현재의 사원은 고팔 다스 바바^(Gopal Das Baba)의 초창기에 카브레^(Kavre) 지역의 거주자였던 바드리 마이날리^(Badri Mainali)로부터 금광을 제공받아 건설되었다.

NP no & Sc#1025

▶ Technical Details ·····································

Description : Shree Parroha Parmeshwor Shiva jyotirlinga, Rupendehi
Date of Issue : November 16, 2016
Value : Rs. 5.00
Color : 5 colors with phosphor print
Overall Size : 35 X 45mm
Perforation :
Sheet : 40 stamps
Quantity : 2 millions
Designer : Purna Kla Limbu
Printed by : Perum Peruri, Indonesia

스리 파로다 파라메슈르 시바 조티르링가^{(Shree Parroha}
Parmeshwor Shiva Jyotirlinga, Rupendehi)

스리 파로다 파라메슈르 시바 조티르링가^(Shree Parroha Parmeshwor Shiva Jyotirlinga)는 추레^(Chure) 언덕에 위치해 있고 고탐 부처^(Gautam Buddha)가 태어난 장소인 룸비니^(Lumbini)로부터 약 22km 떨어져 있다. 이 건물은 네팔의 서부에 있는 사이나 마이나^(Saina Maina) 시군 13번에 위치해 있다. 이 신성한 장소는 역사적, 고고학적 관점에서 중요한 유적지이다. 이곳은 옴을 부르는 전통을 되살렸고 종교 관광에 있어서 중요한 역할을 했다. 이 신성한 장소에 대한 중요성을 깨닫게 되면서, 사람들이 슈와란^(Shrawan) 달에 볼밤 잘라르판^(Bolbam Jalaarpan, 시바 신의에 물을 따르는 행동)에 활발히 참여하는 것이 크게 증가하고 있다.

이곳에서 구성되는 샤와니 잘라르판^(Shrawani Jalaarpan) 축제는 2049BS에 이곳에서 처음 시작되었으며 다른 지역, 심지어는 해외에서도 유명해져서 다른 시바 신 사당에서도 볼 뱀^(Bol Bam) 축제와 같은 형태가 나타났다. 파로다 죠틀링가^(Parroda Jyotirlinga)의 그림이 나타나는 이 우표는 신앙을 유지하고 사람들이 이를 보존하도록 하는 참여를 유도하고 이 사당을 전 세계적으로 유명하게 만들기 위해 발행되었다.

NP no & Sc#1027

▶ Technical Details ·····································

Description : Matsyanarayan Temple
Date of Issue : December 25, 2016
Value : Rs. 10
Color : five colors with phosphor print
Overall Size : 35mm X 45mm
Perforation :
Sheet : 40 stamps
Quantity : 2 million
Designer : Purna Kala Limbu
Printed by : Perum Peruri, Indonesia

2016 마츠야 나라야나(Matsya Narayana)

마츠야 나라야나(Matsya Narayana) 사원은 2011년에 귀중한 돌에 사원의 주요 신인 시바(Shiva) 신의 우상이 발 쪽이 물고기의 모습을 띤 채로 새겨졌다고 설명되는 기이한 사건 때문에 설립되었다. 그리스 신화에는 인어에 대한 이야기가 있는데 힌두교 문서에도 남자 인어에 대한 이야기가 언급되어 있다. 비스누(Vishnu) 신이 이 자연 세계를 재앙으로부터 지키기 위해 남자 인어의 모습으로 구현되었다고 전해진다.

NP no & Sc#

▶Technical Details ···································

Description : Bhringareshwor Mahadev Lalitpur
Date of Issue : December 25, 2016
Value : Rs. 2.00
Color : five colors with phosphor print
Overall Size : 35mm X 45mm
Perforation :
Sheet : 40 stamps
Quantity : 1 million
Designer : Purna Kala Limbu
Printed by : Perum Peruri, Indonesia

브링가레슈워 마하데브(Bhringareshwor Mahadev)

브링가레슈워 마하데브(Bhringareshwor Mahadev)는 수나코티(Sunakothi)의 주요 사원이다. 수나코티(Sunakothi)는 라릿푸르(Lalitpur) 구역의 주요 라릿푸르 마을에서 남쪽으로 약 4km 떨어진 지역에 위치해 있는 작은 마을로, 2011년 네팔 설문조사에 따르면 2,397가구가 수나코티(Sunakothi)에서 살아가고 있으며 인구수는 10,092명에 달한다고 한다. 이 사원은 1554년에 쿠섬 싱하(Kusum Singha) 왕에 대한 기념으로 그의 아들인 비슈누 싱하(Bishnu Singha) 왕에 의해 설립되었다고 전해진다. 이 사원의 초기 형태는 3층 탑이었다고 믿어지는데, 이 탑의 커다랗고 예술적인 지주들은 지금까지도 건축물에 남아 있다. 이 건물은 1934년에 지진이 일어난 이후 돔 형식으로 새롭게 건축되었다.

NP no & Sc#

▶ Technical Details ·······························

Description : Tansen Bhairav, Palpa
Date of Issue : August 10, 2017
Value : Rs. 2.00
Color : five colors with phosphor print
Overall Size : 45 X 35mm
Perforation :
Sheet : 40 stamps
Quantity : 1/2 million
Designer : Purna Kala Limbu
Printed by : Perum Peruri, Indonesia

탄젠 바이라브 사원(Tansen Bhairav, Palpa)

    탄젠 바이라브(Tansen Bhairav) 사원은 탄젠의 북서쪽에서 9km 떨어진 곳에 위치하고 있다. 이는 팔파(Palpa)에서 가장 잘 알려진 건축물 중 하나이다. 이 사원에는 카트만두의 칼바이라브(Kalbhairav)과 비슷한 매우 무섭게 생긴 바이라브 신의 석상이 있다. 이 석상은 현재 보관 중이어서 사람들은 이에 직접적으로 숭배할 수는 없다. 사람들은 주로 화요일이나 토요일에 단체로 숭배를 하러 이 사원에 온다. 그들은 롯(Rot)이라 불리는 쌀로 만든 빵과 동물들을 바이라브 신에게 바친다. 이 장소는 또한 언덕 꼭대기에 위치하고 있기 때문에 자연이 아름다운 것으로도 유명하다.

NP no & Sc#

▶ Technical Details ·····························

Description : Ugratara Temple, Dadeldhura
Date of Issue : August 10, 2017
Value : Rs. 1.00
Color : five colors with phosphor print
Overall Size : 45 X 35mm
Perforation :
Sheet : 40 stamps
Quantity : 1/2 million
Designer : Purna Kala Limbu
Printed by : Perum Peruri, Indonesia

우그라 따라 사원(Ugra Tara Temple)

우그라 따라(Ugra Tara) 사원은 따라(Tara Devi)에게 바쳐지는 사원으로, 인도 북동쪽 로택실(Lotaxil)에 있는 구와하티(Guwahati) 도시의 중심부에 있는 조르 푸쿠리(Jor Pukhury) 탱크의 서쪽에 위치하고 있다. 아삼(Assam)이라 불리는 구와하티의 동쪽 부분에 있는 우잔바자(Uzan Bazaar) 안에 있는 우그라 따라(Ugra Tara) 사원은 중요한 샤크티(Sakti) 성지이다. 전해져 내려오는 전설에 따르면, 시바(Shiva) 신의 첫 번째 부인인 사티(Sati)의 배꼽이 이 사원과 관련이 있다고 한다. 아삼에 있는 우그라 따라는 일반적으로 불교 판테온의 틱스나칸타(Tiksna-Kanta, Eka-Jata) 등과 동일시된다.

지금의 우그라 따라 사원은 1725년에 3년 전에 탱크를 발굴했던 아홈(Ahom) 왕인 시바 싱하(Siva Singha)에 의해 지어졌다. 조르푸쿠리(Jorepukhuri)라고 알려진 그 탱크는 사원의 동쪽에 놓여져 있다. 이 탱크는 이 사원의 위쪽 부분이 막대한 지진으로 인해 붕괴되었는데도 지금도 여전히 존재한다.

NP no & Sc#

▶ Technical Details ·······································

Description : Mahalaxmi Temple
Date of Issue : December 31, 2017
Value : Rs. 5.00
Color : five colors with phosphor print
Overall Size : 45 X 35mm
Perforation :
Sheet : 40 stamps
Quantity : 2 million
Designer : Purna Kala Limbu
Printed by : Perum Peruri, Indonesia

마할락슈미 사원(Mahalaxmi Temple)

루부(Lubhu)는 라릿푸르(Lalitpur)의 북쪽에 위치한 작은 교외 마을이다. 이 마을은 카트만두의 동쪽으로부터 7km 정도 떨어져 있다. 이 장소는 마할락슈미 마하바이라브(Mahalaxmi-Mahabhairav) 사원이라고 불리는 마할락슈미(Mahalaxmi) 사원으로 유명하다. 마할락슈미 사원은 말라(Malla) 시기에 지어진 카트만두 계곡의 고대 사원들 중 하나이다. 이 사원은 부의 여신인 락슈미(Laxmi)에게 바치는 사원이다. 이 사원에는 금으로 도금된 신의 석상들이 놓여져 있다.

이곳에는 두 개의 마차가 있다. 하나는 마할락슈미, 가네쉬(Ganesh), 그리고 쿠마르(Kumar)의 석상들을 옮기는 데 사용되고, 다른 하나는 마하(Maha)─락슈미(Laxmi)─마하(Maha)─바이라브(Bhairav) 축제 때 마하바이라브, 가네쉬 그리고 쿠마르의 석상들을 옮기는 데 사용된다. 마하─락슈미─마하─바이라브 축제는 바이사크(Baisakh) 달에 주로 열린다. 마할락슈미의 마차를 집 근처로 가져오면 평화와 번영을 가져오는 것으로 믿어진다.

NP no & Sc#

▶ Technical Details ·······································

Description : Kshemadevi Temple
Date of Issue : December 31, 2017
Value : Rs. 10
Color : five colors with phosphor print
Overall Size : 45 X 35mm
Perforation :
Sheet : 40 stamps
Quantity : 2 million
Designer : Purna Kala Limbu
Printed by : Perum Peruri, Indonesia

셰마데비 사원(Chhemadevi Temple)

셰마데비(Chhemadevi) 사원은 신드후팔초크(Sindhupalchok)의 가장 중요한 종교적 장소 중 하나이다. 이 사원은 바라비세(Bahrabise) 지역에 위치하고 있다. 이는 역사적으로 중요한 카헤쉬와르 마하데브(Kafeshwor Mahadev) 사원의 오르막길에 있다. 주로 토요일에 여러 지역의 사람들은 그들의 소원이 이루어지기를 바라면서 이 사원으로 모인다. 여신이 찾아오는 신자들의 죄나 잘못을 용서해 준다고 믿기 때문이다. 이 사원은 결혼, 특별한 숭배(푸자, Pooja) 등 다양한 사회적, 문화적 행사가 열리는 곳이기도 하다.

NP no & Sc#

▶ Technical Details ·······································

Description : Sarashwar Mahadev
Date of Issue : December 31, 2017
Value : Rs. 2.00
Color : five colors with phosphor print
Overall Size : 45 X 35mm
Perforation :
Sheet : 40 stamps
Quantity : 2 million
Designer : Purna Kala Limbu
Printed by : Perum Peruri, Indonesia

사라쉬와르나스 마하데브(Sarashwarnath Mahadev Temple)

　사라쉬와르나스 마하데브(Sarashwarnath Mahadev) 사원은 미틸라(Mithila) 지역의 가장 유명한 고대 성지들 중 하나이다. 이 사원은 종교적, 역사적 그리고 문화적 관점에서 매우 중요한 사원이다. 곰바즈(Gumbaz) 건축양식으로 지어진 이 사원은 카말라(Kamala) 강둑의 동쪽에 위치하고 있다. 이곳은 힌두교인들의 신앙의 중심지이다. 이 신성한 성지에는 시바링가(Shivalinga)의 석상이 있다.